JN250673

大活字本シリーズ

土屋文明自選

土屋文明歌集

埼玉福祉会

土屋文明歌集

装幀　関根利雄

目次

放水路

ふゆくさより

睡蓮

この三朝《みあさ》あさなあさなをよそほひし睡蓮《すいれん》の花今朝《けさ》はひらかず
日に恥ぢてしぼめる花の紅《くれなゐ》は消え失《う》するがに色沈《いろしづ》まれり
あくがれの色とみし間《ま》も束《つか》の間《ま》の淡々《あはあは》しかり睡蓮の花
今朝ははや咲く力なき睡蓮やふたたび水にかげはうつらず

白楊花

白楊《どろ》の花ひそみ咲く木にゐる鳥の影はさしつつ鳴かむともせず

裸木《はだかぎ》に花はひそかに咲きてあり地《ち》の上《へ》の影のゆれ動くかな

白楊の花ほのかに房《ふさ》のゆるるとき遠くはるかに人をこそ思《おも》へ

野分

丘《をか》の上《うへ》のまばら榛《はん》の木《き》秋ざれて騒《さわ》ぐ夕《ゆふ》べをゆく人もなし

うらぶれて草吹く風に従《したが》はば吾《われ》は木《こ》の間《ま》にかくろひなむか

秋ざるる夕べなれや人の影恋《こほ》しこひしき人に追《お》ひ及《し》かむかも

船河原橋

船河原橋吾《ふなかはらばしわれ》は渡れり夕暮れて忙《せは》しき人はあまたも渡る

往《ゆ》き来人繁《きびとしげ》きがなかに吾《わ》がのぞく欄干《らんかん》の下《した》みづは瀬に立つ

引《ひ》き潮《しほ》に泥《どろ》の川底あらはれて据《す》われる船を女《をんな》いで来《く》も

夕ぐるるちまた行く人もの言はずもの言はぬ顔にまなこ光《ひか》れり

われをみしは造兵廠《ざうへいしやう》の職工《しよくこう》か目もあわただしゆきすぎにけり

まなこあへば眼《まなこ》みだれて人はすぐ淋《さび》しとだにも言はましものを

梟

夜《よる》ふけて事なきからに爪《つめ》きれる吾《われ》を驚《おどろ》かし梟《ふくろふ》の啼《な》く
梅雨《つゆ》ぐもり光《ひかり》つつめる空のもと榎《えのき》はくろく家《いへ》にせまれり
啼く鳥は八幡《はちまん》の森にこもるなり宮居《みやゐ》の屋根《やね》のくろく高しも
くもり空《ぞら》に灯《あかり》うつれる町のかたふくろふまねてゆく童《わらべ》あり
わらはべの声にうながされ啼くふくろふ重《かさな》りあへる屋根にひびけり
町のなかは溝《みぞ》の香《か》立ちて鬱《おぼ》しきを如何《いか》にせむとか我《わ》がいでて来《こ》し
梟は啼かなくなれりまね声《ごゑ》の拙《つたな》くぞひびく町中《まちなか》にして

寒潮

造《つく》り岸《ぎし》さむざむ浸《ひた》しよる潮《しほ》のかわける道にあふれむとする

満ちきりし潮はふくれて高々《たかだか》とわがゆく道に襲《おそ》ひ来《く》らしも

ほこりまじる潮香《しほか》はうとし広き海に面《おもて》は向けず吾《われ》は歩《あゆ》めり

人うとむ思ひに堪《た》へていでて来《こ》し海岸道路《かいがんだうろ》に寒さはつよし

防風林《ばうふうりん》かげの家《いへ》よりいでし子に夕《ゆふ》あかりして人偲《しの》ばしむ

造り岸立ちゆく少女《をとめ》石落《おと》し青きうしほは泡立《あわだ》ちにけり

榛の花

霜とけてぬれうるほへる黒き土土《つちつち》はひろがるゆふぐれの国

榛並木《はんなみき》さゐさゐ沈《しづ》む原遠く地《ち》をつたはりて来《きた》る音あり

冴《さ》えしづみ身《み》ぬちにひびく寒きゆふ榛《はん》のつぼみははつか垂れたり

丘北《をかきた》の日《ひ》むきにそむく榛並木枝下道《えだしたみち》はいまだ凍《こほ》れり

どろどろとつながり長き貨車すぎて響《ひびき》はこもる原《はら》の大地《だいち》に

上諏訪雑詠

いただきはいまだ萌《も》えざる峠山幾曲《たうげやまいくまが》りして越ゆる道あり

春おそき福沢山《ふくざはやま》を越ゆる道人も通《かよ》はずうねれるがみゆ

傾斜《けいしや》急《はや》き山墾畑《やまはりはた》の疎榛《まれはり》もいつか芽ぶきのしげくなりたり

水落ちて野《や》菜《さい》の屑《くづ》のくさり居《を》る湖《うみ》のみぎはに歩《あゆ》み来《き》にけり

湯ある家

湯ある家求《いへもと》めうつれり湯室《ゆむろ》ばたの楓《かへで》まがりて衰《おとろ》へはやし

湯室漏《も》れまきめぐる湯気《ゆげ》に立ちそへる楓葉《かへでは》は朽《く》ち散りそめにけり

山国《やまぐに》の秋早《はや》みかも此の朝《あさ》け立つ湯煙《ゆけむり》のあたたかにみゆ

掘り下《さ》げし湯室に居《を》れば前の川を下《くだ》る船あり石にふれつつ

地盤《ぢばん》よわき二階家《にかいや》に住みゆれ通る汽車にもなれてねむる夜《よる》かも

わさびの花

野《の》の上《うへ》に露《あらは》るる砂みな白しこと国《くに》さとを行く思ひかも
白砂《しらすな》に清き水引き植ゐならぶわさび茂りて春ふけにけり
しらじらとわさびの花の咲くなれば寂《さび》しとぞ思《おも》ふおのが往《ゆ》き来《き》の
堰《せき》の水かりしき原《はら》にあふれたり鳴きてせはしき春鳥《はるどり》のこゑ

伊那

沢下《さはくだ》る水も親しく思へるに今日《けふ》みれば冬の草生《お》ひにけり

伊那《いな》の谷は冬あたたかき南向《みなみむき》の崖下水《がけしたみづ》に生《お》ふるふゆくさ

寒国《かんごく》に来《きた》り住みつつ春を待つ心ともしきふゆくさの青《あを》

子を守る

旱《ひでり》つづく朝の曇《くもり》よ病《や》める児《こ》を伴《ともな》ひていづ鶏卵《たまご》もとめに

おとろへて歩《あゆ》まぬ吾児《わがこ》を抱《いだ》きあげ今ひらくらむ蓮《はす》の花見す

ひるすぎの暑さは迫《せま》るこの三月《みつき》三度《みたび》うつりてなほせまき家

那須雲岩寺

しだれ桜老木《おいき》しきりに落葉《おちば》せり雨《あま》ばれあとの青苔《あをごけ》の上《うへ》に

うすくらき金堂《こんだう》のうち音のして仏具《ぶつぐ》繕《つくろ》ふ人居《ゐ》たりけり

しめりもちて冷《つめた》き堂《だう》の気《き》にこもり漆《うるし》の香《かをり》しるくきこゆる

十一月二十日児夏実を伴ひ両崖山に登る

松の木にはがかけて人の小鳥まつ山のいただき昼《ひる》たくるなり

あたたかにさせども弱き冬の日か落葉のつゆのいまだかわかぬ

ひるすぎてなほ下《した》つゆの乾《かわ》かざる落葉の中《なか》のりんだうの花

往還集より

冬日閑居

休暇《きうか》となり帰らずに居《ゐ》る下宿部屋《げしゆくべや》思はぬところに夕影《ゆふかげ》のさす

冬至《とうじ》すぎてのびし日脚《ひあし》にもあらざらむ畳の上《うへ》になじむしづかさ

叡山所々

朽《く》ちたるもまだほのぼのと匂《にほ》へるも散りてたまれり沙羅《さら》の木《き》の花

玉垣《たまがき》の外《そと》さへ清き白沙《しらすな》に掃《は》きよせられし沙羅の木の花

おのづから涼《すず》しき山は深くして墓を並《なら》ぶる僧《そう》に名のなし

或る友を思ふ

ただひとり吾《われ》より貧しき友なりき金《かね》のことにて交《まじはり》絶《た》てり

吾《わ》がもてる貧しきものの卑《いや》しさを是《こ》の人に見て堪《た》へがたかりき

かにかくにその日に足《た》れる今となり君をしばしば吾《われ》思ふなり

電車より街上《がいじやう》の姿《すがた》を君と見しが近づく人は君にあらざりき

熊　野　那　智

雲間《くもま》よりひと条《すぢ》にくだる滝《たぎ》つ瀬《せ》は落ちかくれけり杉《すぎ》の秀村《ほむら》に

立ち去りて心恋《こころこほ》しき滝水《たきみづ》を群杉《むらすぎ》の幹《みき》のあひだに見たり

大雲取越舟見峠

色川《いろかは》へ分《わか》るる道は広けれど大雲取《おほくもとり》の道はしげれり

平《たひら》びと藤原《ふぢはら》びとも願《ねがひ》もち越えけむ道の苔《こけ》はしげれり

小雲取遠望

夏の光《ひかり》するどく空にうづまけり崩《くづ》れ著《いちじる》き十津川《とつがは》の山

たたなはる山のはたてを限《かぎ》りたる大和《やまと》十津川の赭《あか》き山《やま》くえ

熊野川を下る

瀞《とろ》へゆく川の分《わか》れに来《こ》しときに二人《ふたり》下《お》りたり草鞋《わらぢ》さげつつ

宮井《みやゐ》すぎ日足《ひたり》に落つる赤木川細《あかぎがはほそ》き水上《みなかみ》は昨日《きのふ》渡りき

かへり花

をさな児《ご》と夕《ゆふ》ぐれ時《どき》を来《きた》たりけり桜若木《さくらわかぎ》はかへり花《ばな》して

寺の門《もん》くらき 閾《とじきみ》跨《また》ぎゆけば影ほのかなり桜かへり花《ばな》
かへり咲く木よりは高く落葉《おちば》してしだれ桜は老いにけるかな

武蔵野

電車の中《なか》をわれは眠りて下《お》り立ちし町の通りは山に向《むか》へり
小松山《こまつやま》なごめる奥に歪《いびつ》なる山高くして雪はまだらに
はるかなる高麗国《こまくに》ゆ来《き》つ武蔵野《むさしの》の山かたつきて住みし人等《ひとら》よ
一日《いちにち》の風をさまりて月代《つきしろ》の立てる野の上《へ》をかへり来《き》にけり

三峯山

栃《とち》の花一谷《ひとたに》咲ける向《むか》う山《やま》は切り開かれて桐《きり》の花畑《はなはた》

栃《とち》の花桐《きり》の花それより高くして巌《いはほ》にかかる藤浪《ふぢなみ》の花

うち霧《き》らふ樅《もみ》の大木《おほき》の山に向きてひとむら竹《だけ》の雨にしなへる

谷浜にて

越《こし》の国虫生《くにむしふ》の浜の草いきれ吾《われ》はなぎさに下《お》りて歩《あゆ》めり

合歓《ねむ》の花の彼方《かなた》の海に入《い》らむ日や汽車とまり処《ど》に汽車とどまれり

余地峠

引き水は荒くすみたり家々《いへいへ》の鯉《こひ》見ありきぬ夕《ゆふ》ぐるるまで

杉《すぎ》だるを信濃《しなの》へはこぶ馬ひとつあひしばかりに峠《たうげ》尽きにけり

信濃人《しなのびと》信濃に下《くだ》り芝山《しばやま》の上《うへ》の浅間嶺《あさまね》われは仰《あふ》げり

又故郷にて

青松山《あをまつやま》しらゆきふりて静かなるこのふるさとにいつか帰らむ

弟《おとうと》とわれとやま水をのみけりとおもふ谷にも雪ふりてみゆ

生者吟

友はさきに上野公園《うへのこうゑん》よこぎり居《を》り浅草寺《あさくさでら》にゆくにやあらむ

幾度《いくたび》か水のみにけり照りつくる町を吾等《われら》ならび行きつつ

事しあれば浅草寺に来《きた》るなり君がみ葬《はふり》はてて来《き》にけり

清水越

うちつづく尾花《をばな》のたけの高ければ花粉《はなこ》はかかる頭《あたま》の上《うへ》より

幼《をさな》き日天《あめ》に霧《き》らへる雪と見し清水《しみづ》の嶺呂《ねろ》を今日《けふ》ぞ越えける

越後《ゑちご》より干鱈《ひだら》を背負《せお》ひ越え来《き》にし人はゆくなり尾花《をばな》が原《はら》を

泥鰌《どぢやう》うりて帰る翁《おきな》も声かけぬ上毛《かみつけ》越後の国ざかひの山
空桶《からをけ》を負《お》へる翁を見かへれば吹かるる如し草山《くさやま》くだりに

木曾の花祭

藤《ふぢ》の花つつじの花と束《つか》ねたる朴《ほほ》の若葉のてりのよろしさ
水桶《みづをけ》にもろ伏《ふ》す朴のやはらか葉聖生《ばひじりあ》るるを待ちがてにする
つつじ花《ばな》散りてはかなし藤浪《ふぢなみ》も朴の若葉も聖《ひじり》まつらむ
ひとつ松《まつ》たてるたをりをめぐり入《い》り住める家居《いへゐ》も花捧《ささ》げたり

荒川水門

乾きたる道を来《きた》りて青草の堤《つつみ》のふき井《ゐ》のめば清《すが》しさ
大川《おほかは》は水上《みなかみ》ながら夕しほのこの水門《すいもん》に来《きた》りいきほふ
土手《どて》の上《うへ》の工事《こうじ》のこりの人造石《じんざうせき》人来《きた》りては蹴《け》おとすらしき
蹴おとしし人造石は土手腹《どてはら》の青草凌《しの》ぎやがてとまれり

日常吟

ミシン踏みて夜《よ》ふかす妻も聞けりといふ梟《ふくろふ》は電車の絶えし時啼《な》く
子供等《こどもら》が来《きた》り告《つ》ぐらくふくろふはとなりの家に昼も飼ひてあり

吾孫子《あびこ》の古き沼より採《と》りて来し藻草《もくさ》に蛭《ひる》の子が生《うま》れたり

西国よりかえる

東京に雨つづけりと汚《よご》れたる障子《しやうじ》を閉《し》めて妻子《つまこ》ら住めり

高き熱いだしたりとふ幼児《をさなご》の朝飯《あさめし》むさぼり食《くら》ふを見たり

銭湯《せんたう》に子等《こら》つれいでて東京の蟬《せみ》の静かなる声に気づきぬ

阿蘇噴火口にて

鎔岩《ようがん》のうへゆく水を渡りしより霧こむる中《なか》を久しく歩《あゆ》めり

並びたる火口ひとつは浅くして泥《どろ》の乾《ひ》われし痕《あと》しづかなり
沸《わ》きたぎる火口湖《くわこうこ》の中《なか》にあはれなる洲《す》のありて煙《けむり》立ちをり
乳色《ちちいろ》の硫黄《いわう》の湖《うみ》は沸きたぎりよりあへる水泡《みなわ》とどまらなくに

伊香保榛名

秋草の峠の道にきこえ居《ゐ》る雲雀《ひばり》はひとつ八月《はちぐわつ》の日に
かはるがはる幼《をさな》き二人《ふたり》おぶひつつ登る峠に夏雲雀《なつひばり》なく

信濃松原湖

春すぎてゆくと云《い》ふことも思はざりき桜のこれるに今日《けふ》は遇《あ》ひける
うちかすむ村はまひるの蛙《かはづ》のこゑ畳《たたみ》のうへに覚《さ》めてまた眠《ねむ》る
湖《うみ》のへの家《いへ》に眠《ねむり》をむさぼりてわか芽立つ谷を見にゆかむとす
あさつきはすでに黄《き》ばめる草はらに散れる桜の花をながめつ

六月二十六日

父死ぬる家《いへ》にはらから集りておそ午時《ひるどき》に塩鮭《しほさけ》を焼く
死近《しにちか》くなりてふる里を恋ひにける父をやせめて親しといはむ

潮ぐもり

用《よう》のなき電車にのりて終点《しゅうてん》の永代橋《えいたいばし》に下《おろ》されにけり

新しき橋つくり居《を》り赤々《あかあか》と焼けたる鋲《びやう》を投げかはしつつ

鋲を打つ器械の音は電車にて川を渡りしここに木魂《こだま》す

山谷集より

月島

幼《をさな》かりし吾《われ》によく似て泣き虫の吾《わ》が児《こ》の泣くは見るにいまいまし

じれじれて泣きやまぬ児《こ》をつれ出《いだ》し心おさへて大川《おほかは》わたる

青々《あをあを》と海苔《のり》つく岸のあらはれし月島《つきしま》に来《きた》り子供と遊ぶ

亡《な》き父と稀《まれ》にあそびし秋の田の刈田《かりた》の道も恋《こほ》しきものを

某君を弔す

不足せる会費のことを言ひおきて君死にたりと知らせを受けぬ

熊本《くまもと》に吾《われ》行きし日は見る目なき悪《あ》しき病《やまひ》を君嘆《なげ》きけり

有《あ》り経《へ》つつ吾《われ》は染《し》みても思はねば生命《いのち》死なむと吾《われ》に言寄《ことよ》す

熊本のあつき町ゆきて受け取りき嘆きつつ君がうたひし歌を

夏日労作

暑き日を一日《ひとひ》向きあひ勉《つと》むれば吾《われ》より若き君つかるべし

年《とし》若き君は一《いち》づに労《つか》れ居《を》りしばし昼寐《ひるね》に息《いき》づく吾《われ》は

代々木野《よよぎの》を朝ふむ騎兵《きへい》の列みれば戦争といふは涙ぐましき

汗たれて散兵線《さんぺいせん》に伏す兵《へい》を朝飯前《あさめしまへ》の吾《われ》は見て居《を》り

六 甲 山

有馬《ありま》より六甲《ろくかふ》に吾を伴《ともな》ひし友等《ともら》と見たり秋になる山を

海あれて淡路《あはぢ》の船の絶えし日に六甲山《ろくかふさん》に登り来にけり

草山にゴルフを遊ぶ 男女《をとこをみな》富人《とみびと》がともは楽しかるらし

無産主義《むさんしゆぎ》に吾はあらねど草山はゴルフリンクに遮断《しやだん》されたり

みなり醜《みにく》き二人《ふたり》の西洋若者《せいやうわかもの》は海を見下《みおろ》しかへりて行きぬ

鵜原

避暑客《ひしよきやく》のかへれる海に吾《われ》は来て吾《わ》が幼子《をさなご》と一日《ひとひ》遊べり

静かなる夜《よる》のやどりに気《き》を張りて話す幼子の声はこだます

海の辺《べ》の夏すぎて吾《われ》は来《きた》りけり蛾《が》の集《つど》ふ部屋《へや》の夜気《やき》ひえびえし

那須殺生石

吹く風は尾《を》の上《へ》の草に渡れども谷あつくして毒気《どくき》うごけり

殺生石《せつしやうせき》は草木《くさき》たえたる石《いし》はらに秋ひる過ぎの陽炎《かげろふ》は立つ
こともなく散りぼふ虫は死にてあり甲虫《かぶとむし》をいくつか拾ふ

八月十六日

目覚《めさ》めたる暁《あかつき》がたの光《ひかり》にはほそほそ虧《か》けて月の寂《しづ》けき
暑き夜《よ》をふかして一人《ひとり》ありにしか板縁《いたえん》の上《うへ》に吾《われ》は目覚めぬ
有《あ》りありて吾《われ》は思《おも》はざりき暁の月しづかにて父のこと祖父《そふ》のこと
安らかに月光《つきかげ》させる吾《わ》が体《からだ》おのづから感ず屍《しかばね》のごと

信州山田温泉

斑尾《まだらを》の嶺《ね》につく雲の雪につく夕《ゆふ》かぎろひを上《のぼ》り来《き》にけり

足引《あしびき》の山桜花《やまざくらばな》ほのぼのと硫黄《いわう》にごれる沢はふかしも

硫黄にごりてたぎち流るる沢みればみどりかなしく柳萌《やなぎも》え居《を》り

とどろける硫黄の川に細谷《ほそたに》の真清水川《ましみづがは》が落ち入りにつつ

北蝦夷　津軽海峡

罪《つみ》ありて吾《われ》はゆかなくに海原《うなばら》にかがやく雪の蝦夷島《えぞしま》は見よ

つたひ来《こ》しみさきの浜に村尽きて雪かがやける渡島《をしま》に向《むか》ふ

飛ぶ鳥は雁《かり》の如《ごと》しと思《おも》ほゆれ朝日きらひて黒々《くろぐろ》と飛ぶ

釧路に至る

傾《かたむ》く日にきらふは釧路《くしろ》の国の山か夕ぐれてなほ到《いた》りつかざらむ

国土《くにつち》のはるけさ十勝《とかち》をひねもすに雨ぞふりいづ釧路《くしろ》の町なみ

根 室

ほがらかに雲雀《ひばり》の声はうらがなし雪のこる牧場《ぼくぢやう》の中空《なかぞら》にして

寒き風吹き来《く》る海の遠く霞《かす》みただ淡々《あはあは》し千島《ちしま》の雪の

蝦夷《えぞ》の島《しま》ここに尽きて千島《ちしま》の雪の山国後《くなしり》の島は渡りたく思ふ

小坪の浜

小坪《こつぼ》の浜の見え来《く》る崎道《さきみち》に幼児《をさなご》はころぶいきほひこみて

磯《いそ》の崎《さき》めぐりてゆけば乾《ほ》し若布《わかめ》集《あつ》むるこゑのほがらかにきこゆ

春草ののびし坂道上《のぼ》り行きて雑木《ざふき》の山は霜《しも》のこる道

三月三十一日

地下道《ちかだう》を上《のぼ》り来《きた》りて雨のふる薄明《はくめい》の街《まち》に時の感じなし

ふりいでし雨の中《なか》には春雨《はるさめ》とは吾《われ》にはうとき言葉《ことば》と思ふ

三月《さんぐわつ》の尽くらむ今日《けふ》を感じ居《を》り学校教師《がくかうけうし》となりて長きかな

細々《ほそぼそ》とふるは三月《さんぐわつ》の雨ながら寒き夕風のあらあらしけれ

睦《むつま》じくもの食《く》ふ男女《をとこをんな》を見て食堂に靴《くつ》の修繕《しうぜん》まてり

富 士 見　左千夫赤彦追悼歌会

朗《ほが》らかにかがやくさくら山《やま》の上《うへ》に今日《けふ》来て見るは久しかりけり

忙《いそが》しきわが明けくれはありなれぬ心あくがれむ山桜《やまざくら》ばな

青くなりし山のうへに雪のかたまりて残るところはかつて遊びき

八月一日

わが妻は蚊蝲《かや》と布団《ふとん》と買ひて来《き》ぬ今日《けふ》夏物のやすくなれりと
ぼろの上《うへ》をよごして死にし祖母《おほば》のごと老いゆく時も吾《われ》にあらむか
おのづから到《いた》らむ老《おい》をぼろしきて安《やす》らかにあらむ時をぞ願ふ

屋上栽草

朝日影《あさひかげ》あつき朝《あした》に屋根《やね》にいでて心はなぎぬ植ゑし山草《やまくさ》
物干《ものほし》の上《うへ》に水培《みづか》ふ山草の色のうつろふ時は来《き》ぬらし
己《おの》が生《よ》をなげきて言ひし涙には亡《な》き父のただひたすらかなし

幼《をさな》きより朗《ほがら》けき世を知らず来て子供《こども》に向《むか》ふ時にけはしく
人悪くなりつつ終《を》へし父が生《よ》のあはれは一人《ひとり》われの嘆かむ
うつりはげしき思想《しさう》につきて進めざりし寂《さび》しき心言ふ時もあらむ

松本

亡《な》き友をとぶらふ会《くわい》に集りぬいよいよすこやかにあらむ八人《はちにん》
忽《たちま》ちにすぎにし四人《よにん》の友はあれど生きてあひ合ふもとの所に
ひたすらに思ふらむ友の言ひいづる有《あ》りにし事を吾《われ》は忘れぬ

加賀那谷

那谷寺《なたでら》に石《いし》によぢつつ汗はあゆ遠く遊ぶに若葉の照りに
山谷《やまたに》の行《ゆ》きのまにまに命足《いのちた》りし古《いにし》へ人《びと》の如《ごと》く今日《けふ》はあり

伊良湖崎

友ありて遠きなぎさを伊勢《いせ》の国の見ゆる岬《みさき》にめぐり来《き》にけり
若き友は水瓜《すいくわ》を二《ふた》つ持ちてゆく上衣《うはぎ》をぬぎて吾《われ》はつかれぬ
しほ気《け》だつ荒磯《ありそ》の上《うへ》に眼鏡《めがね》はづして天《あま》てらす日はさやかなり
伊良湖《いらご》のありその山に飛ぶ鳶《とび》のおりてゆきたり松山の中《なか》に

時事雑詠

子供つれて君上海《しやんはい》をのがれ来《き》ぬ恙《つつが》なくしていたく痩《や》せたり

幾人《いくにん》か知りたる人の殺さるる目の前に見て君はのがれ来《き》ぬ

吾《わ》が知れる人も毎日《まいにち》の警備《けいび》にていたくやつれて居《を》りきと伝《つた》ふ

上海《しやんはい》のいくさの写真今日《けふ》みるは柳萌《やなぎも》えし水に兵一人《へいひとり》立てり

新しき国興《おこ》るさまをラヂオ伝ふ亡《ほろ》ぶるよりもあはれなるかな

新しき国の主《あるじ》にゆく人の紅《べに》よそほしく立つといふラヂオ

久保田健次氏戦報

ことも なく君は告《つ》げ来《き》ぬはじめて弾丸《たま》の下《した》に激《はげ》しくたたかひたりと
ま幸《さき》くて戦《いくさ》に君がありにきと思ふばかりに涙ながるる
春萌《はるも》えて朝《あさ》なほ凍《こほ》る井《ゐ》の水を汲《く》みつつ君が今日《けふ》もゆくらむ

熱海

幼児《をさなご》を残し置き来て旅やどる妻より先《さき》に吾《われ》飽《あ》きぬべし
十年《じふねん》あまり二人《ふたり》あるくは稀《まれ》なりき海《うみ》ぎしに下《お》りて妻は寒がる

服薬久し

限《かぎ》られし食物《しよくもつ》を朝夕《あさゆふ》にくりかへしあはあはとして馴《な》るるにやあらむ

ただ時《とき》にむさぼり食ひて楽しかりき再《ふたた》びなかることぞとも思ふ

久しぶりに腹のへりたる夜半《よは》ながら白湯《さゆ》を汲み来て飲みて寝むとす

城東区

木場《きば》すぎて荒き道路《だうろ》は踏み切りゆく貨物専用線又城東電車《くわもつせんようせんまたじやうとうでんしや》

亀井戸大島《かめゐどおほしま》は吾《われ》に親しき名なれども今日《けふ》小名木川《をなぎがは》を南に渡る

左千夫《さちを》先生の大島牛舎《おほしまぎうしや》に五《ご》の橋《はし》を渡りて行きしことも遥《はる》けし

夕日落つる葛西《かさい》の橋に到《いた》りつき返《かへ》り見ぬ靄《もや》の中《なか》にとどろく東京を

夕靄は唯《ただ》とどろきてうなり立つ蒸気ハンマーの音単調に

荒川《あらかは》を渡り終へて直《ただ》ちに中川《なかがは》なり二川《ふたかは》並《な》みて海につづけり

松のある江戸川区《えどがはく》より暮れゆきて白々《しらじら》広し放水路口《はうすいろぐち》

小工場《せうこうぢやう》に酸素熔接《さんそようせつ》のひらめき立ち砂町四十町《すなまちしじつちやう》夜《よる》ならむとす

日向青島

夜半《よは》にして酔《ゑ》ひてたのしき友等《ともら》より吾《われ》は早く寝《ね》る湯湯婆《ゆたんぽ》をいれて

嘗《かつ》て吾《わ》が一人来《ひとりこ》し日をかへり見ればいたはられつつ今日《けふ》は来《き》にけり

夜《よ》の海に沖に白々《しらじら》波立つはかつて来《こ》し日の如《ごと》くさびしき

此の宿《やど》の湯殿《ゆどの》はひろげられたるかかつて来《こ》し時を談《かた》りつつ浴《あ》む

みなぎれる朝明《あさけ》の海に橋ありて青島《あをしま》に渡る人多くみゆ

朝日光《あさひかげ》海より直《ただ》ちにさし来《きた》りすみれの花も早く咲きたり

吾《わ》が友とめぐりて飽《あ》かぬ磯《いそ》のさき沖の白波《しらなみ》は集りて来《く》る

横須賀

軍艦《ぐんかん》は出《い》でたるあとの軍港《ぐんかう》に春の潮《しほ》みち海月《くらげ》多く浮く

静かなる春の潮《うしほ》にボートこぎて声はこだますドックの方《かた》に

幾隻《いくせき》か灰色の入渠船《にふきよせん》の後《うしろ》にて赭《あか》き建造船《けんざうせん》にとどろく音あり

三笠艦《みかさかん》見つつし思ふ力《ちから》つくし戦ふはただに功利《こうり》のためのみならじ

子供等《こどもら》は浮かぶ海月《くらげ》に興《きよう》じつつ戦争といふことを理解せず

鶴見臨港鉄道

枯葦《かれあし》の中《なか》に直《ただ》ちに入《い》り来《きた》り汽船は今し速力おとす

船体《せんたい》の振動《しんどう》見えて汽笛鳴らす貨物船《くわもつせん》は枯葦の原中《はらなか》にして

たくましき大葉《おほば》ぎしぎし萌《も》えそろふ葦原《あしはら》に石炭殻《せきたんがら》の道を作れり

二三尺葦原中《にさんじやくあしはらなか》に枯れ立てる犬蓼《いぬたで》の幹《から》にふる春の雨

大連船籍《だいれんせんせき》の船名《せんめい》みれば撫順炭《ぶじゅんたん》積みて来《きた》りし事もしるしも

石炭を仕別《しわ》くる装置《さうち》の長きベルト雨しげくして滴《したた》り流る

嵐《あらし》の如く機械うなれる工場地帯《こうぢやうちたい》入り来て人間《にんげん》の影だにも見ず

蕗《ふき》の薹《たう》踏まれし石炭殻の路《みち》のへに蕗《ふき》の葉若々しく萌えいでにけり

稀《まれ》に見る人は親しき雨具《あまぐ》して起重機の上《うへ》に出《い》でて来《きた》れる

貨物船入《い》り来《く》る運河のさきになほ電車の走る埋立地《うめたてち》見ゆ

解体船《かいたいせん》の現場《げんば》を示す枯原《かれはら》の道は工場《こうぢやう》にただに入り行く

陸奥

那須山《なすやま》に煙《けむり》の立てるところ見て白坂白河《しらさかしらかは》ははやく越え来《き》ぬ

いく所《とこ》か青葉の沢に人住みて草野《くさの》いりゆく道は見えにき

山沢《やまさは》に田植ゑて人は住みぬるか乏《とも》しき竹の色づきて見ゆ

夏になるみちのく山《やま》に霞《かすみ》ゐて雪のはだらは暮れゆきにけり

城《しろ》あとに埃《ほこり》あげ人遊ぶ日曜《にちえう》を宿屋《やどや》に居《を》りて吾《われ》は見放《みさ》くる

ゆきかへり水を渡らふ沙利車《じやりぐるま》見つつし今日《けふ》の一日《ひとひ》すぎぬる

くれゆきし川原《かはら》に月いでかはづ鳴く常《つね》なることの今日のあはれさ

松江有沢山荘

岐《わか》れたる路《みち》は沢田《さはだ》に沿《そ》ひ入《い》りて青竹の束《つかね》ふみしだきゆく
ややしばらく竹の下道のぼり行けばものぞ静けき汗たりながら
油蟬《あぶらぜみ》しきりなるなかに一《ひと》つ二《ふた》つつくつくほふし声のすみたる
かわきたる苔《こけ》の下道《したみち》秋の蟬《せみ》は竹の林にこゑ絶たずなく
ふるき跡《あと》なほ清々《すがすが》と人住みて薯《いも》の畑《はたけ》も心にぞしむ
ことそぎし庵《いほり》のうちに蒸風呂《むしぶろ》を広くゆたかに作らしめたり
城《しろ》を高く治《をさ》めし人の此所《ここ》に来て蒸風呂にゆたかに居《を》りしをぞ思ふ

戸隠山

水苔《みづごけ》の霜がれ錆《さ》びし沢のへに心はたぬし満《み》ち足《た》らふごと

山の上《うへ》に久しき虹《にじ》のきえゆきて時雨《しぐれ》吹く中《なか》に苔《こけ》をぞ拾ふ

野生《やせい》せる犬黄楊《いぬつげ》の中《なか》に生《お》ひ立ちて茂れる苔のいたく霜《しも》やけぬ

左千夫先生を思ふ

今日《けふ》の日も紅葉《もみぢ》しぐるる山原《やまはら》のいづれの隈《くま》を君のぼりけむ

前《まへ》こごみにて足早《あしばや》の姿おもふさへかすかなるかな二十年前《にじふねんまへ》は

山の上《うへ》に幾《いく》二十年《はたとせ》はかへるべし落葉《おちば》の中《なか》を今日歩みつつ

虎見崎

九十九里《くじふくり》によるしき波を横ざまに見つつはるけし虎見《とらみ》の崎《さき》に

九十九里の遠長浜《とほながはま》に寄る波の間見《あひだみ》えつつゆたけくぞ寄る

秋草《あきくさ》の草山岬《くさやまみさき》に吾《われ》立ちてあはれはるかなり九十九里のはては

静まれる沖の凪《なぎ》より九十九里に寄せ居《を》る波の四重《よへ》ばかり見ゆ

悼平福百穂画伯

那須野《なすの》より久慈《くじ》の川上《かはかみ》とめゆきて君に白河《しらかは》にあひしをぞ思ふ

朝ぎりは煙《けむり》の如くたなびきて山川《やまがは》の温泉《いでゆ》に君と浴《あ》みにき
山の上《うへ》の月をあはれみ時経《ときへ》ぬに君をはふりの宵《よひ》のさやけさ

某日又某日

わが妻が馬肉《ばにく》を買ひて上諏訪《かみすは》の冬をこもりしこともはるけし
となり人畳屋《びとたたみや》の夫婦《ふうふ》肴《さかな》買ひてむつび語り居りし年の暮もありき
わが妻の遂《つひ》に生《う》まぬかと嘆かひしその時の感情《かんじやう》思ひいだされず
宮益坂下《みやますざかくだ》り来《きた》りて馬肉買《か》ふ並びて待つに富める人ありや

相模走水

二日《ふつか》のあひだいそしみし仕事鞄《かばん》に入れ海のほとりに今日《けふ》はいで来《き》ぬ
冬こえてゆるぶ思《おもひ》にみなぎらふ海見つつゆく老人《おいびと》のごと
走水《はしりみづ》の潮干《しほひ》の入江《いりえ》小《ち》ひさければものものし赤く塗《ぬ》られたる鉄は

宇治川

川の瀬は夜半《よは》もひびけり明時《あかとき》のしらじらとして響きけるかも
寺庭《てらには》に池をかへたる泥《どろ》しきて春のあしたの霜おきにけり
暗くなりてふりたる雪のたちまちに河原《かはら》の草にのこることなし

雑詠

襲《おそ》ひ来《く》る暑さのなかにいち早くすみれの類《るい》は衰《おとろ》へはてぬ

暑さくるしき一日《ひとひ》のゆふべ木曾山《きそやま》の太き牛尾菜《しほで》を飽《あ》くまで食《く》ひぬ

夏わらび汗を流して吾《われ》は食《く》ふ友は告《つ》げぬ信濃《しなの》も世間《せけん》うるさしと

四つ木吉野園

ひな芥子《げし》の花はすぎつつはびこりて牡丹《ぼたん》の花壇《くわだん》おほひつくしぬ

雑草《ざつさう》のあれたる中《なか》にトリトマの樺色《かばいろ》の花ぬきいで茂《しげ》れり

亡《な》き人をこひつつ荒れし園《その》をゆき白髪《しろかみ》きよき君にしたがふ

北海道雑詠　空知川上流

草木《さうもく》の茂りのあらき沢にして流るる水の細くなりたり

虎杖《いたどり》のおどろのあひだに蕎麦《そば》まけり空知《そらち》の川の水《みな》かみならむ

網走線

雲の居《ゐ》る山はいくつか相似《あひに》つつ汽車はしきりに向《むき》かはりゆく

雪のこる一《ひと》つの山を見わすれて牧場《まきば》ある沼のほとりとなりぬ

牛乳をのみ鰊《にしん》の燻製《くんせい》を切りて食《く》ひ汽車の中《なか》にて将棋《しやうぎ》をさしぬ

たもの林を透《す》かし湖《みづうみ》を見つつ居《を》りて網走監獄《あばしりかんごく》をわれは見たりき

阿寒湖

馬鈴薯《ばれいしよ》の畑《はたけ》に剤《くすり》をかけて居《ゐ》る見えつつ谷《たに》はやうやくせまし

ライ麦《むぎ》の熟《う》れてなびける原なかにライ麦青々《あをあを》と茂る畑《はた》あり

ビート畑《はた》となり蕎麦《そば》の畑《はたけ》となり薄荷畑《はくかばた》となりつつ荒沢《あらさは》に開墾《かいこん》は尽く

根室港

リーダーの插画《さしゑ》の如《ごと》き牧場《ぼくぢやう》を吾《われ》は好《この》みて友をいざなひぬ

チモシグラスの穂《ほ》の中《なか》を登る丘《をか》ありて国後《くなしり》の三《みつ》の山相《やまあひ》はなれ見ゆ

納沙布《のさつぷ》の岬《みさき》の方《かた》は低くして海が見え択捉《えとろふ》の島が淡々《あはあは》と見ゆ

牧草《ぼくさう》の丘のさきは黒々《くろぐろ》と闊葉樹林《くわつえふじゆりん》天霧《あまぎ》らひつつ海につづくかな

柵《さく》あり牧舎《ぼくしや》あり烏《からす》なきて声はこだまに帰ることなし

支笏湖畔アララギ歌会

垣山《かきやま》のしらじらとして秋になる湖《うみ》につどひて楽《たの》しきをへむ

山の水草の中《なか》よりさやさやに落ち居《ゐ》る道を朝歩《あしたあゆ》むも

稚内往復

石狩《いしかり》の国の夕映《ゆふばえ》はてしなく天塩《てしほ》の国をこころざしゆく

入日《いりひ》さしかがやく雲にふかぶかとみゆる碧《みどり》も心ひくべし

ほのぼのと朝《あさ》あけゆきて水を見ぬ天塩《てしほ》の川か海かとも思ふ

青きボート岸につなげる池ありて立つ朝霧の水の上《うへ》に見ゆ

切株《きりかぶ》の高き新墾《あらき》に朝居《あさを》りき父と子見ればあはれなるもの

或る時はちさき鴨《かも》の仔《こ》遊び居《ゐ》る細《ほそ》き流れを草原に見き

北見《きたみ》の海荒野《うみあらの》をすぎて楡《にれ》の林に水くむ道も心しむかも

虎杖《いたどり》の高きしげりを飽《あ》くまでに見つつ経《へ》しかど今ぞ秋づく

夕焼《ゆふやけ》のこよひは早くをさまりて樺戸《かばと》の方《かた》に月いでにけり

秩父

まざまざと影たつ山の峡《かひ》を来て鳴る瀬《せ》の音ぞくれゆきにける

ま日くれし光《ひかり》は高きより来《きた》り巌《いはほ》のうへに草をもとむる

杉《すぎ》むらは早く暮れたる影さして白きたぎちに君くだりゆく

ひといろに草石群《くさいはむら》のくれはてし岸をいづくまでも君のゆくらし

多賀城石巻

藺《ゐ》の苗《なへ》を植ゑてにごれる小《ちさ》き田の幾枚《いくまい》かありて国道《こくだう》に出づ

多賀城《たがじやう》にただちに向ふ刈田《かりた》の中《なか》わだちの跡の荒き国道

かめの中に乏《とも》しき味噌《みそ》を売れるかな荷物《にもつ》をあづけて吾等《われら》は歩む

みぞ河《かは》に秋の野芹《のぜり》の霜やけて茂れる見れば心やすけし

麦生《むぎお》ふる岡《をか》に芝生《しばふ》ののこされて多賀城あとの黒きいしずゑ

山峡徜徉

武蔵《むさし》より川を渡りて月しろき河原《かはら》のみちは上《かみ》つ毛《け》の国
あから引く今朝《けさ》の光《ひかり》に起きいでてあな白々《しらじら》し霜ふりにけり
朝鳥《あさとり》の声なく聞けば樫《かし》の葉も川原《かはら》もなべて霜しろきかな
朝鳥の光みだして立ちぐくを見つつし思ふふるさとにあり
故里《ふるさと》をこひつつ寐《い》ねし朝《あさ》あけて南甘楽《みなみかむら》の谷へ入《い》りゆく
峡《かひ》ふかく川瀬の道を入《い》り来《きた》り此所《ここ》もきこゆるさやさや瀬の音

川瀬には南《みなみ》の岸に雪あれど竹生《たけふ》あたたかし岩に日てりて

夕《ゆふ》かげはいづくも恋《こほ》し西《にし》深き水上谷《みなかみだに》の一《ひと》ときのいろ

けふのひと日月《ひつき》の光《ひかり》にしづまりていよよ聞くべし谷《たに》ゆく水音《みづおと》

ゆづる葉の下

六月風より

徳田白楊を思ふ　別府松原公園にて

若き君が手術《しゆじゆつ》の創《きず》のくさるまで命生《いのちい》きつつ歌よみきとふ
西日さす暑き納戸《なんど》にくさくなりて病みつつ声に立ちし命《いのち》か
町の中《なか》にわづか松ある公園を命《いのち》よろこびゆきし君はも
相寄《あひよ》りて君をかなしみ橋わたるほのぼの清《きよ》き三日月《みかづき》立てり

老眼鏡

老眼鏡《ろうがんきやう》買ひ来て何をするとなく掛《か》け外《はづ》しして二日三日《ふつかみか》すぎぬ
紅梅《こうばい》のすぎたる鉢《はち》をとりいでて雨のそそぐを一日《ひとひ》見て居《ゐ》る

稲村が崎

枯芝《かれしば》の中に据《す》ゑたるポンプさびて今し岬《みさき》の夕日の時か
ひめうづの早き芽《め》集めつつ思ふ一人《ひとり》ぐらゐは仕合《しあはせ》になる人なきか
沙浜《すなはま》にくされし如き水流れ白き鰻《うなぎ》の子やや上流《じやうりう》に上《のぼ》れるもあり

岩《いは》の間《ま》の寒き水より掬《すく》ひ上げてすきとほりたる魚《いを》のかなしも

寒潮《さむしほ》に網を下《お》ろして水うてり海人《あま》の綱手《つなで》の常《つね》ならなくに

四月十四日高崎にて

山道《やまみち》に拾ひし竹をつきゆきて三十年前《さんじふねんまへ》の先生にあひぬ

多胡《たご》の山を一日《ひとひ》あるきて下草《したくさ》のなかなる道も昔《むかし》の如くなりき

はげしかりし吾《わ》が先生の今日《けふ》逢《あ》ふに前歯《まへば》落ちて穏《おだやか》に老い給《たま》ひたり

見忘れて居《ゐ》る先生に道にあひて少時《しばし》居《ゐ》る吾《われ》を吾《わ》が友等《ともら》待てり

木下川梅園跡

六月《ろくぐわつ》の疾風《ときかぜ》は潮《しほ》を吹き上げてはや黄《き》に枯るる蒲《がま》なびくかも
亡《な》き人の寺の道よりめぐり来《き》ぬ堤防《ていばう》の下《した》に黒くなりのこれる庭に
ほほけ立つ茅花《つばな》の庭に潮《しほ》入りて梅《うめ》の木も松《まつ》の木も枯れはてぬ
庭石のかわきて荒るる園《その》みれば物のほろぶる人よりも早し

左千夫先生二十三回忌

松葉牡丹《まつばぼたん》その日のさまに咲くみ墓二十三年《にじふさんねん》は過ぎゆきにけり
或る時はいますが如《ごと》く影に立ち見えつつもとな年ぞ経《へ》にける

過ぎにける人多くしてすこやかに君は先生の齢《よはひ》をこえぬ

蓮を尋ぬ

蓮《はす》の花見むと来《きた》りて思ひいでぬ此所《ここ》にをみなの友住むことを
かぎろひはやや高くまで燃《も》え立ちて青き木群《こむら》に鷺《さぎ》とまる見ゆ
青《あを》みどろ紅《くれなゐ》の花にせまる如く崩《くづ》れし花のしづみあへなく
道の上《うへ》に真薦《まこも》のかわく香《か》ぞしるき今日《けふ》立秋《りつしう》の村に入《い》り来て
夕《ゆふ》かげに茂れる蓮《はす》を掘り立てて香《かぐは》しき葉を抱《かか》へ出《いだ》しぬ

亡父七年

梅雨《つゆ》になる雨ふりいでて道芝《みちしば》の穂《ほ》の立つ故里《ふるさと》にかへり来にけり
七年《ななとせ》はむなしかりとも伴《とも》なひて来《こ》し弟《おとうと》に白髪《しろかみ》みえつ
山芋《やまいも》の蔓《つる》をきりつつ丘《をか》にのぼり村のかはれるさまを話《はな》しぬ

某日某学園にて

語《かた》らへば眼《まなこ》かがやく処女等《をとめら》に思ひいづ諏訪女学校《すはぢよがくかう》にありし頃《ころ》のこと
清き世をこひねがひつつひたすらなる処女等の中《なか》に今日《けふ》はもの言ふ
芝生《しばふ》あり林あり白き校舎あり清き世ねがふ少女《をとめ》あれこそ

まをとめのただ素直《すなほ》にて行きにしを囚《とら》へられ獄《ごく》に死にき五年《いつとせ》がほどに

こころざしつつたふれし少女《をとめ》よ新しき光《ひかり》の中《なか》におきて思はむ

高き世をただめざす少女等《をとめら》ここに見れば伊藤千代子《いとうちよこ》がことぞかなしき

偶感

走り来《く》る丸鋼《まるかう》の赤く焼けし残像《ざんざう》がまたよみがへるごとし今宵《こよひ》も

赤熱《しやくねつ》の鉄とりてローラーに送る作業《さげふ》リズムなく深き息《いき》づき聞《きこ》ゆ

引きずり出《だ》す鉄板《てつぱん》の見る見る黒く冷《ひ》えゆくをたたき折りぬ
癩《らい》に目しひ嘆きうたへる歌えらみ夜《よる》ふけゆけば吾《われ》ありと思ふ
足《あし》なへ目しひ癩にくるしみ疑はず歌をよみ居《を》りいかにかも言はむ
言直《ことなほ》き古《いにしへ》への代《よ》も時《とき》の力をあからさまに罵《ののし》りし言《ことば》は伝《つた》へず
山瑠璃草《やまるりさう》の霜枯《しもが》れし鉢《はち》を取りいでて今日《けふ》の春日《はるひ》におき並べたり
勢《せい》を揃《そろ》へ京《みやこ》に向《むか》ふ時すらに直《なほ》き古《いにしへ》は畏《おそ》るること知りき

四月風

吹く風ははやての如くなりゆきて両岸《りやうぎし》に黒き川床《かはとこ》いでぬ

潮《しほ》落ちし青草の上《うへ》も泥《どろ》の上《うへ》も蜷《にな》の子が散りて数《かず》かぎりなし
禍《わざはひ》の水の中にて放水路成《な》るをたのみ給ひしこともむなしき
皮なめす工場《こうぢやう》の見ゆ水槽《すいさう》より皮引き出《いだ》す作業くり返し居り
服新しき少年工《せうねんこう》が三四人《さんよにん》蜥蜴《とかげ》つかまへ昼やすみせり
夕潮《ゆふしほ》のさし来《きた》るまでに行きかへり風をさまれば心は和《な》ぎぬ

相州二宮奥村温室

桑畑《くははた》こえ高き温室みえをれど君が温室はその手前にあり
加藤君は絵をかきやめて大磯《おほいそ》より道を教ふとともに来給ひぬ

いんげんのやや盛《さかり》すぎし一棟《ひとむね》ありなほ二棟《ふたむね》は茂り立つメロン

信州松原湖

汗をながし吾《われ》はのぼりゆく長湖《ながうみ》のやさしき水を再《ふたた》びみむとして

新《にひ》はりの道に並びて落ち来《きた》る春の水あらし鳴りつつぞ来《く》る

春日《はるひ》てる荒野《あらの》の道をのぼり来て猪名《ゐな》の湖《みづうみ》しづもりにけり

諏訪落合村

高き田に落ちこむ水の光りをり昼日《ひるひ》かすめる瀬沢《せざは》の村に

落合《おちあひ》に製材所《せいざいしよ》立てるあたりより釜無川《かまなしがは》は広くなりゆく

春日《はるひ》さす竹の林のなかにして森山汀川兄君《もりやまていせんあにぎみ》の家あり

富士見《ふじみ》より下《くだ》り来《きた》りて寒さいたみのしるき竹群《たかむら》も心したしも

釜無《かまなし》の川のむかひの山岸《やまぎし》は黄にみゆるまで山吹《やまぶき》の花

沢の口に鉱泉《くわうせん》を沸《わか》す家見えて一群槻《ひとむらつき》の芽ぶきそめつも

石川原《いしかはら》石ぬくもりて甲斐《かひ》の方《かた》より吹き来《く》る風の霞《かす》みつつ吹く

南芥菜

初々《うひうひ》しく茎《くき》立ちそめて幾日経《いくひへ》ししどろに長《た》けし南芥菜《はたざを》の花

若萌《わかもえ》の欅《けやき》ふく風見つつ居て世の春のはや過ぐるにやあらむ

歯入《はい》れ屋《や》の仕事場《しごとば》の如しと嘆きたりし机の上のはたざをの花

療養所療友《れうやうしよれういう》の歌また更年期夫人等《かうねんきふじんら》の歌等々朱《とうとうしゆ》入れて朝《あさ》よりうまず

静かなる夜《よる》の光《ひかり》になりしとき下葉《したば》に散れり鉢《はち》のはたざを

三輪崎佐野

道白き三輪崎町《みわがさきまち》とほりすぎ西日さしたり佐野の松原

暑き日の佐野の松原下《お》り立てば三輪《みわ》の有磯《ありそ》をこゆる白波《しらなみ》

磯岩《いそいは》をつなぎて防波堤《ばうはてい》を造りたり白くかわきぬ磯も造《つく》り岸《ぎし》も

潮の岬

暑き日の夕暮《ゆふぐれ》こりし白雲《しらくも》は下《お》りしづみたり雲取山《くもとりやま》に

夕《ゆふ》かげり山の狭間《はざま》にふかくなり白木綿滝《しらゆふたき》も見えなくなりつ

潮《しほ》の岬《みさき》を船めぐりゆく時の間《ま》を入る日の光空にながれぬ

十津川《とつがは》の濁《にごり》につきて幾日来《いくひこ》し海の上《うへ》にいでて遥《はる》かとぞ思ふ

雲取《くもとり》の小口《こぐち》に帰りゆきし友を船の上《うへ》にして語る五人《いつたり》

富士登山

岳樺《だけかば》を押し薙《な》ぎ伏せし沢すぎて一足《ひとあし》ごとに苦しくなりぬ

萌《も》えしばかりと見ゆる虎杖《いたどり》の若き葉がかげろふ暑き焼石《やけいし》の中《なか》に

石室《いしむろ》の旗をいくつか見とほせども一《ひと》つをゆくにいたく苦しむ

岩によせよぢつつ上《のぼ》る軀《からだ》小《ちひ》さし先に立つ夏実《なつみ》を間《あひだ》なくいましむ

七合目《なながうめ》すぎ夏実《なつみ》が投げだしし荷をとりあげて吾負《われお》ひてゆく

天伝《あまづた》ふ日は頂《いただき》を傾きて目の前に嶮《けは》しき陰《かげ》あらはしぬ

地図に見し形《かたち》の如くととのひて三日月《みかづき》の湖《うみ》目の下《した》になる

夕ぐれと立ち来《く》る岩の陰しげく二町程《にちやうほど》さきは遥《はる》かなる如し

夕ぎりは幾所《いくところ》か湖《うみ》のあるらしく低くとどまりて山中湖《やまなかこ》みゆ

くれなゐは海を泳《くぐ》ると見えにしがいま円《まど》かなりゆらら朝日子《あさひこ》
音たえし天《あめ》のまほらと思《おも》ほゆれ光きたりて声あぐるかな

九月五日三国峠

二居《ふたゐ》より山の間《あひだ》の広くなり道に荒沢《あらさは》が押し流したり
石《いし》高き草野《くさの》の道に標《しめ》打ちて国道十何号線《こくだうじふなんがうせん》か此処《ここ》に開くは
草原のこはくなりたる草の葉に照る日の光《ひかり》静まりて見ゆ
赤湯《あかゆ》の谷より出でて元橋《もとはし》の一《ひと》つ家《や》の蟬《せみ》したしかそけし
溝《みぞ》清く家《いへ》に引き入れて住みたれど乏《とぼ》しきかな沈みたる馬鈴薯《ばれいしよ》の

草はらに日の照るさまは山の間《あひだ》に安《やす》らかにしもありぬ住むべく

道々に掬《すく》ひてゆけばこの荒き水に生物《いきもの》棲《す》み居《を》るらしも

山ゆきて今日《けふ》は幾日《いくひ》か刈安《かりやす》を乾《ほ》したる光《ひかり》秋づくものを

相沢君が見いでし白花《しろはな》の烏頭《うづ》を掘りふりつつ登るこの峠路《たうげぢ》を

平《たひら》かに遠広《とほひろ》き苗場《なへば》のいただきより中空《なかぞら》にかさなりなびく横ぐも

茅原《かやはら》は浅貝村《あさかひむら》の後《うしろ》あたりか西日《にしひ》ざし淡《あは》くなりて照り居り

横雲の匂《にほ》へる色は腰おろし見つつある間《ま》にうつろふものを

羽根沢種芸園分区園

怠《おこた》りてありと思へど此所《ここ》に来て腰をかくればいつまでも飽《あ》かず

年々《としどし》に頭《あたま》きかなくなる時にゆきて息《いこ》はむ地《つち》の上《うへ》にただに

並槻《なみつき》のすがるる上《うへ》にたなびきてあな長きかな白き煙の

或る時にかけごゑ聞こゆ見わたせば国学院《こくがくゐん》の方《かた》よりきこゆ

幾いろか蒔《ま》きにし種子《たね》はなりいでず今日《けふ》は収《をさ》めむ青紫蘇《あをしそ》の実を

来《きた》りて人参《にんじん》まきし五月《ごぐわつ》より秋のすがれとなりにけるかも

丙子歳晩

川の南《みなみ》に枯れたる岸を歩みつつ北《きた》の堤《つつみ》の青きこほしも
古き江《え》の水伝《みづつた》ふ路《みち》こもり沼《ぬ》のほとりになりて家鴨《いへがも》あそぶ
錨形《いかりがた》といふ菜《な》の種類たえしより十年《ととせ》あまりになるべしといふ
おそれつつ世《よ》にありしかば思ひきり争《あらそ》ひたりしはただ妻とのみ
この水に昨日《きのふ》も今日《けふ》も来つれどもつひに渡《わた》らふ雁《かり》も見なくに
水急《みづはや》くあらはになりししがらみに今日の日暮《ひぐれ》の降る雨を見つ
この夕《ゆふ》べ君が精《しら》げししら米《よね》の飯《いひ》にあつまる吾《わ》がうからども

金沢兼六園

渡りゆく榑橋《くれはし》の上松葉散り松葉の中《なか》にみぞれたまりぬ
さまざまの木《こ》の実《み》いろづく一隅《ひとすみ》に吾《われ》は立ちよるゆづる葉《は》の黒き実に
打ちつけに時雨《しぐれ》の雨《あめ》のみだれ来て霰《あられ》はちらふ池水《いけみづ》の上《うへ》
雪まじり時雨《しぐれ》ふる時のぼり来《き》ぬ園《その》高くして池みなぎらふ
常磐木《ときはぎ》も落葉《おちば》せる木も高々と吊《つ》りたる枝にみぞれ降る見ゆ

偶　成

吾《わ》が友は金貨一枚《いちまい》われにくれぬ使はねば玩具《おもちや》の如《ごと》しといひて

長安《ちやうあん》に虜《とりこ》となりてあるもよし好《すき》な女《をんな》と落ちゆくもよし

秀吉《ひでよし》が囲《かこ》める城に秀吉がほしがる孀《つま》と昼寝《ひるね》して居りき

三月十五日孤行

佐田村《さだむら》は薬を売りて富めりとふ真弓《まゆみ》を出《い》で白き家がまへ見ゆ

檜前《ひのくま》をつらぬきて白き県道《けんだう》のかわける方《かた》にくだりは行かず

夕鳥《ゆふどり》の声なく時に陰《かげ》だてる丘はみな発《あば》ける墳《つか》のごとしも

墓をこぼちし石もて寺を立てきといふいにしへも新しき時のちからは

この丘も墳《つか》の南を耕《たがや》してこまごまと葱《ねぎ》をうゑ萵苣《ちさ》を植う

雪と若萌

泥《どろ》をかぶれる岩梨《いはなし》の葉は伏し居りてはやこぼれたり紅《くれなゐ》の花
虎杖《いたどり》の太き古《ふる》からの倒《たふ》れ居《ゐ》るところを見れば赤き芽立てり
ま向《むか》ひの峠の上《うへ》も萌《も》えいでて雪のこる際《きは》まで青くなりたり
谷ふかく吾《われ》は見て居り白雲《しらくも》の峰《みね》に出で来て消えゆくまでを
山の上《うへ》にあらはるる白雲は峰をこえしばしして煙の如《ごと》くなり消《き》ゆ
降る雪を鋼条《かうでう》をもて守りたり清《すが》しとを見むただに見てすぎむ吾等《われら》は

暴力《ばうりよく》をゆるし来《こ》し国よこの野蛮《やばん》をなほたたへむとするか

よろふなき翁《おきな》を一人《ひとり》刺さむとて勢《せい》をひきゐて横行《わうかう》せり

一つの邪教《じやけう》ほろぶるは見つなほ幾つかのほろぶべきものの滅《ほろ》ぶる時
またむ

話《はなし》すみし電話にはげしく聞え来《き》ぬ今日《けふ》をいきどほり言へる君が息《いき》

五月十六日温泉獄

西の海の雲の夕映《ゆふばえ》いつくしき光《ひかり》の中《なか》に妻をみにけり

今日《けふ》までに老いたることもあはれにて若葉夕《ゆふ》てる山に向ふも

暮れてゆく峰《みね》より寒き風のふくつつじ花原《はなはら》に妻と立ち居り
夕光《ゆふひかり》うするる山に手をとりてつつじの花も見えなくなりぬ

五月十八日宮島

暗谷《くらだに》よりいでてつらなる灯火《ともしび》に手をとり歩む寝《い》ねがたくなりて
油火《あぶらび》に寄る鹿を見てかへり来つ夜《よる》ををしまむわかき人のごと
月は山をこえて光《ひかり》ののこるらし潮《しほ》うごく夜半《よは》をゆきてたたずむ
白き汽船かかりて去りき海の上《うへ》のながきゆふべに向ふ吾等《われら》に

吉野山

こだまする谷に向ひて吾《われ》は居り青葉になりしみ吉野《よしの》の山
ゆふ方《かた》の雨のあがりし吉野山《よしのやま》山と谷とかさなりあひて見ゆ
この庭の裏にまはりて見渡せば奥ふかき吉野の山のしたしき
木小屋《きごや》ある庭の裏までつき来《きた》り妻は吉野の山を見て居り
山の上《うへ》にことのまにまに歩きつつ老い清《きよ》まはり妻のやすけし
ありありて二十何年《にじふなんねん》か吾《わ》がこのむ山に老いたる妻を率《ゐ》て来つ

金剛山数日

冷々《ひやびや》と温突《をんどる》にからだ伸ばすかな昼になれば汗のいづる暑さに
棗《なつめ》あり花さく青《あを》たごの一木《ひとき》あり集るは僧《そう》ともただの人とも見ゆ
窓ちさく暑き光《ひかり》をさへぎりてひねもす人のおこたるらしも
蓄《たく》へて清《きよ》き山水《やまみづ》になまけ住まば仙《せん》のたぐひにはやなりぬべし
谷水《たにみづ》にまた桔梗根《ききやうこん》さらしたり今日《けふ》は何《なに》にして食はすらむ
一日《いちにち》の安居《あんご》をはりて楼《ろう》を下《くだ》り成《な》れる林檎《りんご》をなでてみて帰る
岩《いは》むらは冬の林と見るまでに天《あめ》にそばだつ夕雲のなか
林のごとくむら立つ白き岩見て居《ゐ》るうちに雲のあつまる

みがき立てし黄銅《くわうどう》をいただき僧来《そうきた》る夕《ゆふ》べの米《よね》のしらげすらしも
露《あら》はれて円《まど》かなる巌《いはほ》の頂《いただき》に円かなる石《いし》を置く手にも取るべく
立てなめて剣鋭《つるぎするど》き岩の間《ま》も道かよふかと見ゆる沢《さは》あり
朝《あさ》よひに茜《あかね》たなびく須臾《しゆゆ》の間《ま》をこの世を超《こ》えしごとく吾《われ》あり
雲かかる松の林にある家にひねもすにして人のいで入《い》る
李《すもも》の木《き》の下《もと》に安《やす》らに枕《まくら》置き筵《むしろ》に人のかへることなし
あかねさす紫《むらさき》の光《ひかり》ただよひて高きに岩ほあり朝《あさ》あけにけり
朝影のうごきゆきつつ幾百幾千《いくひやくいくせん》の峰《みね》あからひくなり
朝の光《ひかり》うつろふはやし紅《くれなゐ》に並《な》み立つ峰の白くなるまで

深谷《ふかだに》に光の来《きた》るまへにして匂《にほ》ひたなびく石の上《うへ》の松

山の上《うへ》に青淵《あをぶち》ならびありといへど吾《われ》はゆきがたし息《いき》ぎれのして

吾《わ》が友が上八潭《じやうはつたん》を見るあひだ水をのみ唐糸草《からいとさう》を手にとり休む

雲の間《ま》に重《かさ》なる石を銀梯《ぎんてい》と名づけて人ののぼりくる見ゆ

金梯《きんてい》のふもとに休む四五人《しごにん》の頭《あたま》の上にくだり着きたり

下《くだ》り来て寺あり雨霧《あまぎり》の中《なか》ながら驚くはただよふ人間の臭気《しうき》

霧を吐《は》く清《きよ》きたぎちの石の上客《きやく》を送りて礼《らい》する法師《ほふし》

布施《ふせ》おきて駕《かご》にのる母子《おやこ》にねもごろに拝《はい》し僧《そう》の山のぼりゆく

青山に岩によせたる庵《いほり》ありゴム靴《ぐつ》の法師かへりゆくらむ

石の上に彫《ゑ》りし碁盤《ごばん》に吾《われ》は対《たい》す仙《せん》の来《きた》るを待ちがたきのみ

慶州古都にて

楊柳《やうりう》に綸《いと》たるる民《たみ》は画中《ぐわちゆう》に似たれども群《むら》がる塚《つか》の草は日に伏す

古墓《ふるはか》の木戸《きど》開《ひら》く手に銭《ぜに》を受く亡《ほろ》びし民《たみ》か亡《ほろ》ぼしし民《たみ》か

ささやかに残る将軍《しやうぐん》の井戸も見つ氷室《ひむろ》の趾《あと》にしばし涼《すず》しも

興亡《こうばう》は潮《うしほ》のごとく国ありき名をうしなひて群がる古墳《ふるつか》

墓《はか》の杜《もり》の夏枯草《なつかれくさ》のともしきより松の落葉《おちば》をかき出《いだ》すかな

或る権力《けんりよく》がありのすさみに立てし寺《てら》人は住みつぐ馬鈴薯《ばれいしよ》を並《なら》べて

少安集より

十二月某日

岩の間《ま》に小さき炎《ほのほ》人去れば見つつ居りたる吾《われ》よりゆきぬ

人すてて去りたる炎守りつつ時ありき潮《しほ》の高くなるまで

岩の上《うへ》に火を守りつつしびれ来《こ》し吾《わ》が右足を立ちあがりふる

火をまもり渚《なぎさ》にひろふ芥《あくた》よりある時の香《か》は幼《をさな》き記憶にかよふ

うづだかく拾ひ集めぬ指《おゆび》ほどの柔《やはら》かくなりて死にたるものを
ごみの中《なか》に渚《なぎさ》の上におびただしき死にたるものを拾ひゆく母子《おやこ》
岩の上に食《く》ふものを置くしばしの間《ま》こころ清《きよ》まるごとし一人《ひとり》は
いく人《たり》かかげさして人の過ぎたりと思ふ心の乱《みだ》ることなし
砂つみて去りゆく舟の上にして炎は人の間《あひだ》よりみゆ

上州水沢寺

午後三時山のかげりの早くして檜原《ひはら》の道はこほりけるかも
土ほこり立てて下《くだ》れるバスの後《のち》檜原の道のしづまる一時《ひととき》

国原《くにはら》のなかばまで陰《かげ》の及ぶ見え山中《やまなか》の道夕ぐれにけり

氷《こほり》しろき沢《さは》の日かげに道めぐり子供等《こどもら》はころぶ一人《ひとり》また一人《ひとり》

冬山に薪《たきぎ》をきりて積む見れば昔の時のかへるごとしも

立ちかはり水沢《みづさは》部落《ぶらく》栄ゆるは見るにこころよし古《いにしへ》おもひて

新しき宿屋たちたり風呂《ふろ》をたく煙はなびく一村《ひとむら》の上《うへ》に

杉の下《した》に寺あることの変らねば落ちたる水のとはに清《すが》しも

わが母と吾《われ》と来《こ》し日をかへりみるに四十五年《しじふごねん》になりやしぬらむ

現《うつつ》にし今のぼる石段の有様《ありさま》も細《こま》きことは多くわすれぬ

ここにして船尾《ふなを》の滝《たき》の白木綿《しらゆふ》の落ちざるまでに山はかれたり

紅《くれなゐ》の水木《みづき》の枝を折りあそび夕べの道に子等《こら》と吾《われ》と居り

二月三日

ベルンよりの雪の小鈴《こすず》といふ花は小鹿《をじか》の角《つの》のごとく芽ばえぬ
貪《むさぼ》りて読みまた読みし日本戦史《にほんせんし》去年《こぞ》の夏より手にすることなし
故郷《ふるさと》の山の写真を引きのばし雲ある空に恋ひつつぞ居《ゐ》る
紅梅《こうばい》の花にひねもすこもり居てまだあるのかいとたづねつ
谷いでてここにせせらぐ水のこゑ一夜《ひとよ》眠らむたのしかりけり
雨のふる小野《をの》をひねもす見て居りぬ暮方《くれかた》になりて光《ひかり》さしたり

文学を尊く思ひはじめし頃《ころ》の心理が容易に思ひいだせず

さすらひの唐《たう》の詩人《しじん》は田を持ちて豎子《こもの》をやりて稲を収めき

この月の今日《けふ》は終《をはり》の稽古日《けいこび》にて月謝出し合ひ居《を》るところに入《い》りゆく

草木の賦

江華島《かうくわたう》より来《こ》し三角草《みすみさう》秋の葉の早く枯るるを愛《あい》して捨てず

菩提樹《ぼだいじゆ》を去らむとしつつ低回《ていくわい》す茉莉《まつり》の花のうつろふ所に

自転車をいでし毛唐《けたう》は花束を高く持ち日本娘《にっぽんむすめ》と歩調を合《あは》す

アンジャベル紅《あけ》の一束《ひとたば》を打ちふれる異人《いじん》の半分ほどに見ゆよ日本《にっぽん》の

娘《むすめ》よ
雨ながるる坂くだりつつ吾《わが》思ふ不釣合《ふつりあひ》に長き Ficus religiosa の葉《は》
尖《さき》を

性強《さがこは》き震旦《しんたん》すでに形《かたち》よきしなの木をとりて菩提樹とせり

わが馬酔木《あしび》ほの紅《くれなゐ》ににほひ来て朝《あさ》なあさなのたぐさなりけり

アンドロメダ其《そ》の国の好《このみ》のピンクなどになりて日本《にっぽん》に帰る日あるべ
し

天《てん》にとどくといふ娑羅《しゃら》双樹《さうじゅ》日本《にほん》に夕べははかなき白たへの花

朝《あした》咲きゆふ散る花を娑羅《しゃら》の木と植ゑしは日本《にほん》のいつの古《いにし》へか

夏椿《なつつばき》苗のやさしき取り見つつ三十五銭を惜しみて止《や》みぬ

五月雑詠

春暑き午後《ごご》の光《ひかり》のてりつけて青草の土手に潮《しほ》みちたたふ

向う岸に淡《あは》き夕日のさし居りて草に満ちたる潮に下《お》りゆく

いはけなく夜半《よは》に立ち上《あが》り恋ふと聞けばかかる恋には逢《あ》はざりきや

吾《われ》は

ただ一目《ひとめ》見し人恋に衰へし君の来《きた》りて言《こと》のすがしも

海ゆきて君と拾ひし天草《てんぐさ》を煮むと思《も》ひつつ日のすぎてゆく

校正にあきて休むに天草《てんぐさ》より塵芥《ごみ》を撰《え》りつつ時立ちにけり

梅雨の前

ゆづる葉《は》の散りしく上に今朝《けさ》の雨梅雨《つゆ》の如くに降り居り見れば

ゆづる葉の広葉《ひろは》の下《した》に金剛山《こんがうさん》の菫《すみれ》幾鉢かくさりはじめつ

金剛の山の苔《こけ》より生《お》ひいでて五葉《いつは》ばかりの楡《にれ》のひこばえ

夏至

東みなみの空に浮く雲かがやきて東南《ひがしみなみ》の風は吹くかも

水門《すいもん》あり塔《たふ》あり午後の陰黒《かげ》しあぢさゐ列《つら》なる見張所《みはりじよ》の庭に

春草はおとろへ虎杖《いたどり》のおどろ高し砂利《ざり》を置きたる上にやすらふ

午後六時煙《けむり》たえたる工業地《こうげふち》に今日《けふ》の光《ひかり》のてれる静まり

樺色《かばいろ》の煙立ち居《ゐ》る工場《こうぢやう》あり時にはげしく吹きみだされつ

光なくなりし夕日の高くかかり煙ふきたまる西北《にしきた》の空

悼宮坂濤

働きつづけたふれし時は病《やまひ》おもく汝《いまし》が後《のち》にのこすもの乏《とぼ》し

親しみて向ふ生徒もなくなりつつ古き幾人《いくたり》はやく亡《う》するか

善き生徒多くありけり越度《をちど》ある汝《いまし》はわれをたよりき死ぬるまで

たどたどしき吾《わ》が校正を来《きた》りたすけ新聞《しんぶん》日本《にほん》も書き抜きたりき

左千夫《さちを》先生初期論文の幾つかを見出《みい》で来《こ》し汝《なれ》をわれは思ふぞ

小石川後楽園

笹《ささ》うゑし廬山《ろざん》の形《かたち》小《ちひ》さくしてこむらの下《した》に黄にしづまりぬ

狭き水に西湖《せいこ》の塘《つつみ》かたどりぬ石塘直《いしづつみすぐ》に草はあれたり

みつがしは実の穂になりて衰へつつ水蓮《すいれん》もはびこる程《ほど》にはならず

見ぬ国をここに小さくつくりいで峰《みね》を並べて山あはれなり

幾度《いくたび》か火に焼けし園《その》に残りつつあくまで茂るしだれ桜は
いりゆきて夏の落葉《おちば》のしげきかな音たえし谷の一所《ひとところ》あり
移り去りし工廠《こうしやう》のあとなほ広く草のしげりのほしいままに見ゆ
菖蒲田《しやうぶだ》となりて残れり大名《だいみやう》の米《こめ》をたふとび作りたる田は
紅《くれなゐ》はうすき光《ひかり》の中《なか》ににほひ夕べの蓮《はちす》くづほれむとす
くれなゐの蓮《はちす》の花のふくだみてしどろになりつ清きかがやき
白き花くれなゐの花池を分《わか》ちい照りかがよふ曇り日の下《もと》
松原の中の静かさ眠らむに吾《われ》はおどろく何《なに》のやさしきこゑ

朝ひぐらし

窓の上《うへ》の今朝《けさ》の光《ひかり》よ紅《くれなゐ》にうつらむ色のはやく過ぎぬる

蜩《ひぐらし》のなきていくばく朝かげのうつろふ中のみんみんのこゑ

白玉《しらたま》の茎《くき》ながくして露をおぶ五年《いつとせ》ばかりまちこひしかば

魯迅《ろじん》先生録《しる》してたびし句をかかぐ何をいたまむいまの心に

蘭《らん》めづる楚《そ》のことばにも通《かよ》ひがたし国を分《わか》てるこころさびしく

吹きいづる汗にころぶすさはさはに茉莉《まつり》の花ののこるひるすぎ

上州須賀尾峠

目の前に白根《しらね》の山に雲居りて立てる煙の雲に入りゆく
いろづくと見つつふみ来《こ》し草の道北側に下《くだ》り細《ほそ》くなりたり
秋になる青山天《あめ》につらなりて輝きしろし草津《くさつ》の家《いへ》むら
この見ゆる空の下《した》にただ一つの町友あり吾《われ》を迎へてくれむ
山中《やまなか》に病《やま》ふ君等も目を上げてこの澄む空に向ひたまへよ

十一月一日御殿場口

霧凝《こ》りて垂《た》り来《く》る眉《まゆ》よ長くなりぬと思ひつつ上《のぼ》るかな

なだれたる斑雪《はだれ》はそこに見え居りて幾時《いくとき》の歩みなほ遥かなり
雲の上に出で来て山と吾《われ》とあり遠方《をちかた》水のひかる親しも
あざやかに赤き崩《くづれ》のひとところ目当《めあて》となして苦しみのぼる
天《あま》の原焼原《はらやけはら》にものの絶えなむとしてさらぼへる南芥菜《はたざを》の莢《さや》

解良富太郎歌集によせて

戦争の前に死にたる君が歌集いくらか用心しつつ編輯《へんしふ》了《を》へぬ
廃《すた》れたる思想の中になげけども嘆《なげき》は永久《とは》に移ることなし
病みて死にし助手の君らは数《かず》ならず彼等《かれら》が二年前《にねんまへ》の物言ひを見よ

説《せつ》を更《か》へ地位を保《たも》たむ苦しみは君知らざらむ助手にて死ねば
魯鈍《ろどん》なる或《あるい》は病みて起《た》ちがたき来《きた》りすがりぬこの短き日本《にっぽん》の歌に

虎見崎　一月三日又十三日

遥《はる》かにし靡《な》み伏す低き国の崎《さき》海につきむと水くぐり見ゆ
砂曇《すなぐもり》沖とほくいでて吹かれ居り吾《わ》が立つなぎさただに澄みつつ
国の上に光《ひかり》はひくく億劫《おくごふ》に湧《わ》き来《く》る波のつひにくらしも
たまきはる吾《わ》が齢《よ》は知らず立ちかへりひとり声よぶ枯草の崎《さき》
この海を左千夫《さちを》先生よみたまひ一生《ひとよ》まねびて到《いた》りがたしも

二月十五日帰省

年々《としどし》にこの小《ちひ》さき石を据ゑかふる伯父《をぢ》に従ひ土はこびにき

ここにありし松は移して石あれぬ今日《けふ》来て腰をかくべくもなし

幼《をさな》かりし心この石にまつはりき一生《いつしやう》の考方《かんがへかた》を支配するごとく

この谷《やつ》を永久《とは》の泉《いづみ》と思ふにもオランダ芥子《がらし》来てはびこりにけり

西空に雲のひかりてくらくなる五分間程昔《ごふんかんほどむかし》とかはることなし

三月十三日上諏訪同級会

吾《わ》が老《おい》を驚く君等誰《たれ》も誰《たれ》も二十年《はたとせ》にして相《あひ》みたるかも

南《みなみ》あらしに舞ひ来《く》る雪の少くなり日当るところに写真をとりぬ

いきほひて吾《われ》言ひしことかへりみつ何が残るといふものもなし

かたらふに幼面《をさなおも》わののこりたり君等ま少女《をとめ》の日に吾《われ》かへるべし

あひ共《とも》にありし三年《みとせ》のいつの日か柳の絮《わた》のいたくとびにき

鳳来寺長篠

巌《いはほ》よりしたたる水は幾所《いくところ》も玉《たま》なして苔《こけ》の間《あひだ》にこほる

赤々《あかあか》と日の照る岩の頂《いただき》へこの吹く風はうちつけてゆく
奥平仙千代《おくだひらせんちよ》の墓のこりたり人質《ひとじち》となり殺され父祖《ふそ》の家を守りて
柵《さく》を植《う》ゑ銃《じゆう》たのむ新しき戦法に名を惜しむ甲斐《かひ》の軍《いくさ》も空《むな》し
拒《こば》みがたき甲斐の権勢《けんせい》に従ひて吾《わ》が上野人《かうづけびと》多く討《う》たれき

四月十日紀伊湯崎一宿

芥子《けし》の畑茎《はたくき》たちはじめ限りなし大辺路《おほへち》を南にくだる一日《いちにち》
大辺路《おほへち》をしばし別れむ古道《ふるみち》の石つづく見ゆ若芽だつ中《なか》に
いつの間《ま》にすぎし桜ぞ蔭なしてそよぐが如しこの窓の前

茂りつつのこるにほひを薄墨《うすずみ》と名づけむもさびし山桜花
西日さす土あらはにて一《ひと》むらの春の野芥子《のげし》のしどろにたけぬ
春あつき夕日の中にたのむべしうてなのこれる桜の青葉
草の中にむらがり合ひてのび立てる百合《ゆり》みづみづし行きめぐる丘
いくいろか咲ける菫《すみれ》をつみてゆく芋《いも》の葉はやく開《ひら》きたる畔《あぜ》に
吾《わ》が妻が手に触るすかんぼ故里《ふるさと》の思ほゆ五月頃《ごぐわつごろ》といひつべし
すぎて来《こ》し淡路《あはぢ》のあたり入《い》らむ日の海の上なる一《ひと》たむろ雲《ぐも》
草も土も陰をつくりてたみたる道つき来《く》る妻の須臾《すゆ》わかく見ゆ

那智

春の日の西日になりて落ち来たる滝水《たきみづ》は中空《なかぞら》に霧《きり》となびかふ

泡《あわ》だてる水のところに下《お》りゆきて仰ぐ滝《たぎ》つ瀬《せ》かくすものもなし

この山の花の淡《あは》きも思ひしむ大辺路《おほへち》とほく来たりにしかば

幹《みき》ためて馬酔木《あしび》花咲くつくり庭この古《いにし》へも今日《けふ》あはれなり

桃《もも》の花ちりて桜の若萌《わかもえ》のたなびく庭に夕《ゆふ》かげ来たる

那智山《なちやま》に三《み》たび来にけりやうやくにはやき老《おい》かも嬬《つま》をともなふ

左千夫先生忌日近し

天地《あめつち》のまにまに遊びたまはむに障《さや》り多くしてすぎ給ひける

目《ま》のあたりあざむき給ふ日にも逢《あ》ひきまざまざとして涙のながる

かく茂る槐《ゑんじゅ》をみれば立ちよりてゆたかにいましその日思ほゆ

なき後《あと》の二三年《にさんねん》ならむみ墓にもよりつかざりし吾《われ》をぞ思ふ

栄山寺歌会

薬水駅《くすりみづえき》の建物《たてもの》の裏側みゆ一人《ひとり》しゆけばしたしくもあるか

たまきはる宇智《うち》の大野《おほの》の夕《ゆふ》となり竹静かなる広き河原《かはら》見ゆ

夕《ゆふ》かげの尾張《をはり》の田居《たゐ》の蓮花《はちすばな》この寺の夜《よ》に思ひ寝《い》ねつも

かがやける朝《あさ》の蓮《はちす》をかこみ立てり早くめざめて起きたる友等

忙《いそが》しき君は電車の車掌《しやしやう》なれば会《くわい》のはてたる時につきたり

会員の大方《おほかた》は若き人となり鬚《ひげ》しろきかな大村君《おほむらくん》と吾《われ》と

もろともに宝《たから》の鐘《かね》によりぬれば亮《さや》かなるこゑも今日《けふ》の日のため

秀吉《ひでよし》がこぼちし寺の鐘を愛《を》しみ海にうかべて此処《ここ》にはこびし

水瓜《すいくわ》食《く》ひあそぶ男女《なんによ》の前をゆき吾《わ》がともがらは鐘つきならす

用《もち》ゐるなき吾《わ》が一日《いちにち》を遠く来つ君等の歌を貶《おと》しめて足《た》る

久邇宮址

笠置《かさぎ》より銭司《ぜず》に到《いた》ればかかげたる洋傘《かうもり》の柄《え》の熱くなり来《く》も
樫《かし》の木の下《した》にかわける石ひとつ人いでて示す久邇《くに》の宮《みや》あと
瓶《みか》の原《はら》西にむかひて山水《やまみづ》のみなぎる流れ渡りけるかも
狛山《こまやま》のたをりをめぐり道白し目の高さにて湧立《わきた》つかげろふ
松山の中《なか》なる古き道ありて大伴家持《おほとものやかもち》思《おも》ほゆるかも
鹿背山《かせやま》は竹の交《まじ》れる青山に反射はげしき家《いへ》むらの見ゆ

阿騎野

川上《かわかみ》の中《なか》の社《やしろ》ををろがみて飽《あ》き足《た》る今日《けふ》にまたもあはめやも
紀伊《きい》の道伊勢《いせ》へゆく道分《わか》るれば宇陀《うだ》にしゆかむ埴生坂《はにふざか》の道
大阪の業《げふ》を休める友二人《ふたり》阿騎《あき》の大野《おほの》を汗ながし行く
三人《みたり》して阿紀《あき》の社《やしろ》のいさご地《ぢ》に坐りて居れば啼《な》く蟬《せみ》のこゑ
薬園《くすりぞの》のぞき居《ゐ》る間《ま》に心こまかき友は葛粉《くずこ》を買ひくるるかな

八月十六日伊良湖

神島《かみしま》はけはしく陰《かげ》の強ければ畑《はたけ》の見ゆるところ親《した》しも
いのちを惜しみなげきていにしへの王《おほきみ》の山松のこりたり

なな年《とせ》か八年《やとせ》かふたたび立つ磯にいにしへ人《びと》は吾一人《われひとり》のみ

松山にほてりし幹を傷《きずつ》けてしたたり乏《とぼ》し受けたる見れば

松脂《まつやに》のしたたりはやく止《や》むことをいきどほりつつ人の働く

平福画伯追悼吟行会　十月十五日

年々《としどし》の君を思出《おもひで》の遠足《ゑんそく》に老《おい》の部類にわれの入《い》りにし

吾《われ》よりも老いしは一人安井氏綱《ひとりやすゐうぢ》の袋を負ひて先立《さきだ》つ

十一月三日不破関址

息長《おきなが》の水をいづちに分《わか》れ来て今須《います》の子等《こら》にところをぞ問ふ

黒き小豆《あづき》しきりに故郷《ふるさと》を思はしめ行きすぎがたし今須《います》より山中《やまなか》

ゆきゆきてうづの小豆を手にすくふ吾《わ》が齢《よはひ》五十《ごじふ》の今日《けふ》の今の時

夏日拾遺

蓙《ござ》の上の吾《われ》をあはれと人やみる背骨いたむまで選歌つづけて

歌よみが幇間《ほうかん》の如く成《な》る場合場合を思ひみながらしばらく休む

たまはりし毛がはしきつつ七年《ななとせ》か蓙《ござ》をかさねて此の夏は居り

みだれくる心をさむることもなく狭き交《まじはり》のなかにふるまふ

涼しくなり心おのづから平《たひらか》にて立ちあがる小竹《ささ》の露ものぼれよ

擬晩一連

この母を母として来《きた》るところを疑ひき自然主義渡来《とらい》の日の少年にして

年若き父を三人《さんにん》目の夫《をつと》として来《きた》りしことを吾《われ》は知るのみ

父の後寛《のちゆた》かに十年《じふねん》ながらへて父をいひいづることも稀《まれ》なりき

この母あり父ありて吾ぞありたりし亢《たか》ぶり思ふべきことにもあらじ

吾を待ち待ちつつ言《こと》に言《い》はざれば待ち得て次の夜《よる》にむなしも

枕《まくら》なほれば歌をえらみて夜《よ》を通す三人酔《さんにんよ》ふにもあらず
今日《けふ》のため乞食一軀《こつじきいつくゐ》敬《やま》ひて鉦《かね》のこゑあり吾はぬかふす
意地悪《いぢわる》と卑下《ひげ》をこの母に遺伝して一族《いちぞく》ひそかに拾ひあへるかも
すすみ寄りその白きをば吾《わ》が抱《いだ》く清《きよ》らに今はなり給ひたり

大和疋田村

菅原《すがはら》や伏見《ふしみ》の家の居よければ吉野山《よしのやま》よりはやく帰りぬ
蘭《らん》の葉に露しげくなる朝々《あさあさ》をのろき蜜蜂《みつばち》われは見て居り
君が家《いへ》の青菜幾畝《いくうね》か食ひつくし今朝《けさ》黒皮茸《くろかは》を焼きつつ楽し

萵苣《ちさ》の苗高菜《たかな》の苗を植ゑ分けて冬の設《まう》けす君が母の園《その》
秋篠《あきしの》を佐紀沼《さきぬ》のかたに行きしかば方竹《はうちく》の子のなびく夕ぐれ
三輪山《みわやま》の朝《あした》ゆふべの秋がすみ見ながら君が村に出で入る
佐紀山《さきやま》の秋田の上《うへ》の朝がすみこほし近江路《あふみぢ》へいでたつ今日《けふ》は
山城《やましろ》の筒城《つつき》のもみぢうつるまで居りけるか君が家《いへ》を安《やす》けみ

関が原懐古

高麗剣《こまつるぎ》和蹔《わざみ》が原《はら》のいにしへゆ此処《ここ》にあひせめぐ西の国東の国
西東《にしひがし》力をあつめせめぐといへ過ぎては狭《せま》し棚田秋《たなだあき》をはりぬ

この水を寺谷川《てらだにがは》と知るものあり語ること多し西軍《せいぐん》をほめて

黄蘗《わうばく》の幹高くして白き光《ひかり》そよぐ黄葉《もみぢ》よ人の世《よ》の上《うへ》に

慶長五年陰暦九月十五日《けいちやうごねんいんれきくぐわつじふごにち》その年の稲《いね》をさめしや否《いな》や

豊前鏡山

豊国《とよくに》の鏡《かがみ》の山を恋ひ来つつ芹《せり》青き川いくつかわたる

木《こ》の下《もと》に掬《すく》ふばかりに残りたる雪気色《けしき》だつふるき墓の址《あと》

水たまる落葉《おちば》の上ののこり雪水気《すいき》を立てつ夕《ゆふ》くらがりに

霜ふかき時すぎゆきて溝《みぞ》のへに蜆《しじみ》の殻《から》の白くされたり

岩崩《くづ》す香春《かはる》の岳《たけ》の白きさへ暮れゆかむとす曇りの下《した》に
かたまりて吾等は畔《あぜ》をつたひ行く道のたえたる鏡《かがみ》の山に
櫨《はぜ》の木をかこみて松の若木立てり永久《とは》の嘆《なげき》の此所《ここ》にとどまる

寄竹内六郎君

力なき吾をしたひて君あればただあはれなりき君も吾も
教室に生徒なりしより天辺《てつぺん》うすき今日《けふ》までに過ぎし十何年《じふなんねん》ぞ
幾百《いくひやく》かあるいは幾千《いくせん》か授業して四五人《しごにん》が今に交《まじ》はる

大津宮阯

ひさかたの天《あめ》の命《みこと》を開かししみあともしるし草しげるとも
志賀寺《しがでら》の上《のぼ》りの路《みち》に汗あえてかへり見るかな晴れてゆく海を
かげ立ちて海に傾く夕《ゆふ》の国青き嵐《あらし》となりにけるかも

ミス潮路幸代をかなしむ

たどたどしき母の国《くに》の語《ことば》つづりつつ其の真心はかくすなかりき
健《すこや》かに伸々《のびのび》とうたひなほ自《みづか》ら安らがざりし心をぞ思ふ
国遠くへだてにしかば君なきを知りたる時は半年《はんとし》の後《のち》

思ひ出でて笑《ゐ》ましかりにき恋愛でもして居《ゐ》るならむと独《ひと》りぎめして

日本語《にほんご》の文法の本《ほん》をたづね来《き》ぬかまはず歌へと吾《われ》答へにき

異国《ことくに》に若き嘆きを母の言葉によせむとしつつ今はなきかも

友とその恋人《こひびと》の長き接吻《せつぷん》を立ちて待つ心歌ひなげきき

左千夫先生七十七回誕辰記念会　成東町

蓮《はす》の葉の広《ひろ》らに水瓜《すいくわ》大きければ先生が好みて置けるごとく思ふ

門人《もんじん》の最後のわれもやうやくに鬢《びん》しろくして今日《けふ》は来《きた》れる

弟子《でし》運《うん》よき先生なりきと言へるとき会衆《くわいしゆう》の一人笑《ひとりわらひ》ごゑ立つ

伯母のぶ

吾《わ》がためにありし尊《たふと》き幾人《いくたり》かの一人《ひとり》の命《いのち》今日《けふ》ぞ過ぎ去《ゆ》く
痛みあり触れしめぬ左手も柔かに終りしさまを来《きた》りて見つつ
ひよわくして或《あるい》は死なむ吾《われ》を養ひおほし育てて今は亡骸《なきがら》
この病める腕《かひな》も未《いまだ》若くしてはぐくまれし幼き日ぞかへり来《く》る
右乳の下《した》を撫《な》でよと吾に言ふ吾は撫づ五《いつ》つ頃《ごろ》の心になりて

勝鬨開橋

一瞬四囲《いつしゆんしゐ》音なしと思ふまで静かにもり上《あが》る黒き橋桁《はしげた》

あたかも潮《しほ》みなぎりし開橋《かいけう》に競《きそ》ひ向ふ白《しろ》ぬり小型帆船《こがたはんせん》ども

下《お》りはじめてしばし相聞《さうもん》する如し相《あひ》あはむ黒き重き塊《くわい》ふたつ

茜《あかね》さす雲たなびきて立つ月の光帯びくるもまたたかず見つ

いち早く乗用車トラック走《は》せかはし橋上停止《けうじやうていし》の白き群衆

吉田友明歌集序歌

苦しみの下《した》に挫《くじ》けぬ魂《たましひ》の或るときは寄るひと茎《くき》の草

すこやかにありて働き病める日に信清《しんきよ》くして君がやすらふ

神を畏《おそ》るるに遠き己《おのれ》も君が歌よみゆく時に清《きよ》まるものを

火に残る玉を拾はむ思にて苦しみ超《こ》えし君が歌を見る

能登の岬

珠洲《すず》の海のいたぶる波に入日《いりひ》さし赤崎《あかざき》かけて船もこがずも

夕月《ゆふづき》はまだ白くして波の穂《ほ》のかぎりも知らに越《こし》の雪みゆ

海こえて白雪《しらゆき》の山見えながら一《ひと》つらなりの夕雲の下《もと》

白々《しらじら》と岸高き小島《こじま》一つのみ夕日は赤しその白き岸に

冬草の清《きよ》きしげりに日のてりて早きやどりは心なごむも
物乏《ものとぼ》しき国を来《きた》りて踏むものか夕べかげ立てる空地《あきち》の冬くさ
骨多き魚《いを》になづみて箸《はし》をふるふ燭《しよく》の短くなりゆく時に

象潟

名所《めいしよ》ほろび実《みの》りゆたけき秋の日を用なく来《きた》り我はさまよふ
生徒等が折り持つみればこなぎの花露ありて昼ちかき秋の日
帰りゆく隊列のあとに或る者は草に寝て居り小学生徒
真日《まひ》の下鳥海《もとてふかい》に雲の湧くが見ゆ淡々《あはあは》として多くのぼらず

海の上に離れて男鹿《をが》の山の見ゆ得宝和尚飯《とくほうをしやうめし》くふころか

腹へりて吾は見て居り秋の日の照りて凪《な》ぎたる海の上《うへ》の山

白雲《しらくも》は陸《くが》の方《かた》より吹かれつつ男鹿《をが》をこえゆく時に速しも

象潟《きさがた》はいよいよ小《ちさ》く鳥海《てうかい》より直《ただ》ちに男鹿《をが》につづきたる空

石の上《うへ》に来《きた》りて休む鳶《とび》の仔《こ》の草の上にはとまることなし

平《たひら》かに見ゆる飛島《とびしま》日かがやき昼すぎの海やうやく白し

故郷山

明時《あかとき》に二度《ふたたび》なけるほととぎす故里《ふるさと》の山に吾は目ざめゐる

夜々《よるよる》の梟《ふくろふ》も今思ひがなしあらはなる臥所《ふしど》に育ちたりけり
亜炭《あたん》の煙《けむり》より食物《くひもの》を錯覚《さくかく》せし少年の空腹《くうふく》を語ることなし
一生《ひとよ》の喜《よろこ》びに中学に入りし日よ其の時の靴屋あり吾《われ》は立ち止《どま》る
同年《どうねん》の友の多くがなきことも思ひいで此の町に酔《ゑ》ひつつ

竹の歌

夜々《よるよる》の貧しき灯《ともし》も小竹《ささ》の葉に清くてりつつにぎやかに見ゆ
此の蔭に寄りて安《やす》らふ暑き午後《ごご》の縁《えん》に落ち来《く》る篁《たかむら》の蔭
中空《なかぞら》にさやかに照れる月一《ひと》つ光《ひかり》をうけし万《まん》の小竹《ささ》の葉

瀬波岩船

苦《くるしみ》を常《つね》と考へし来《こ》し方《かた》もすこし改めむ今日《けふ》の安けし

音たえて松の幹赤き夕《ゆふ》の時忘れたる所に帰るごとしも

ま近なる小さき山を故里《ふるさと》に似《に》せしめて夕日さす暫《しばら》くを向《むか》ふ

済みし選歌《せんか》済まざる選歌仕分《しわ》け置き済みたる増すは心たのしも

涙たれ昂《たかぶ》り幾年《いくとせ》をよみつぎし吾《わ》が結論《けつろん》なりまごころの説《せつ》は

虫

吾が庭に群がり湧きし青虫の食ひ尽《つく》す葉に霜や到《いた》らむ

箱二つ並べて青菜の種蒔《たねま》けり一箱を尽《つく》し虫移りゆく

山形県に殖《ふ》えし毛虫の大群《たいぐん》の自滅《じめつ》せし記事思ひつつ居り

秋風賦

芝の上に早くいろづく草ありて紅《くれなゐ》にほふ其の色かなし

耕《たがや》して大根《だいこん》の葉も捨てざりし農《のう》の生《お》ひ立《た》ちを子等に訓《をし》へつ

限りなく天《てん》は澄みつつ道の上《へ》に青きまま槐《ゑんじゅ》すがれぬ

山の間の霧

山の間の霧より

東京郊外

とねりこも榛《はん》の並木《なみき》も常《つね》のごとく冬木《ふゆき》のそよぎ静かにし見ゆ

冬青き国のゆたかさ菜畑《なはた》には笹《ささ》立てて日の光増したりと思ふ

覆下《おひした》の小蕪《こかぶ》芽ぶける畑《はた》もあり巧《たくみ》なるかな籾殻《もみがら》を利用して

河口行宮址

万葉の古《いにし》へをただに恋ひもとめ雪解《ゆきげ》の山をなづみつつ越ゆ
安《やす》からぬ平城《なら》をいでまし天皇《すめろぎ》に従ふ中に大伴家持《おほとものやかもち》あり
山菅《やますげ》の土に伏しつつ濡《ぬ》れて居り過ぎし日の雪あとかたもなく
河口《かはぐち》の野の上《へ》の春の早くしてさへづる雲雀《ひばり》高くのぼらず
さわさわに鶸《ひわ》の一群《ひとむれ》天《あま》がけり向きかふる時こもごも光る
飛ぶ鶸の黄なる胸毛《むなげ》の春の日に光りかがやく今日《けふ》のよろこび

吾は待つ

たかぶりし吾に応《いら》へも静かにて海のつとめに帰り給ひき
事しあれば先《ま》づ閉《と》づる艦《かん》の区劃《くくわく》にて君がなすことを君は語りき
恙《つつ》みなく帰るを待つと送る吾に否《いな》まず肯《うべな》はず行きし君はも

南行を送る

言ふよりは容易ならぬ道君立てば頭《かうべ》をふして吾《われ》は送らむ
幼きを愛《めぐ》しきを言ひて猶《なほ》尽きぬ身をぬきいでて行かむとぞする

黒姫山麓

かへりみる友なき時の君が言葉菅《すが》の山人《やまびと》われ忘れめや

鯖石《さばいし》に山に恋ひつつ嘆き寄りし吾《われ》より若き先生思ほゆ

黒姫《くろひめ》の麓《ふもと》に近く二日《ふつか》居りすぎし嘆《なげき》もかへるかと思ふ

一人《ひとり》のみ湯本《ゆもと》勇之助《ゆうのすけ》従ひてさびしき山を歌ひ給ひき

唯真《ただまこと》がつひのよりどとなる教《をしへ》いのちの限り吾はまねばむ

能登島一宿

気多《けた》の浜に引上《ひきあ》げし網に泡《あわ》たてるいのちも今日《けふ》は長く思ほゆ

朝《あさ》きらふ島の宿りをいで立ちて栗《くり》ひとつ拾ふ道芝《みちしば》のなか

この海の暑きにあそびし幾人《いくたり》ぞ二人《ふたり》は早く亡《な》き数《かず》にいる

先《さき》だちて潮《しほ》に浴《あ》みにし君思ふ机《つくゑ》の島の松のほのかに

二日《ふつか》歩みし草鞋《わらぢ》そろへて残し去る万木君《ゆるぎくん》が骨折り作りしものを

樋口勇作大尉戦死

いで立たす君を送ると人かげに馬とどめ立ちし君が父はも

生徒なりし若き面《おも》かげ目に立ちてよすがも知らず 南《みんなみ》思ふ

父や母やうつくし妻《つま》の仰ぐ中《なか》に永久《とは》なる国の命《いのち》にぞ入《い》る

病める弟

こごまりて従ふ見れば白鬚《しらひげ》の吾《われ》より目立つあはれ弟《おとうと》

亡《な》き母を言ひつつ泣ける弟よ吾より直《なほ》し癡《し》ひにてありとも

かへり来《く》る春の光に風吹きて襟巻《えりまき》をする吾とおとうと

送別二人

芝の上に子を抱《いだ》く兵《へい》多くして君若ければこともなく見ゆ

雪のある山より春の時雨《しぐれ》来て練兵場《れんぺいぢやう》に皆傘《みなかさ》を立つ

いで行くに思ひ思ひのまどゐせり雨には妻と傘に入《い》りたまへ

南方返牒

一年《ひととせ》に少し老いしや否《いな》を否朝《いなあさ》五時に覚《さ》め夜《よる》十時に眠る
まがつ火《び》は焼くといへども友あれば吾は坐る日に殖《ふ》ゆる本《ほん》の中《なか》
古《いにし》へを恋ひつつ吉野の山を行く吾をゆるせり国ゆとりありて
君等あまた国の境《さかひ》に立つ時にただ読む万葉集を少しづつ

波多野土芝君

波多野土芝《はたのとし》いづくの海ぞ十度百度《とたびももたび》行《ゆ》き来《き》せし海を帰り来《こ》ざるか

君が身は国の柱《はしら》としづけるかまた飄々《へうへう》と帰りたまへよ

女子等就業

待ち待ちし工場《こうぢやう》の一日《ひとひ》母の知らぬバイトなどいふ語も覚え帰りぬ

腹へりて帰り来《きた》れば多く食ひ伸々《のびのび》として日毎《ひごと》はたらく

二三日《にさんにち》指にささりし切粉《きりこ》をば抜きすてて清々《すがすが》しく朝《あした》いで立つ

六月十一日建長寺法会

みな月《づき》の日光《ひかげ》のうすき苔の上いまし落ちたる青梅一つ

山内《さんない》に風あり夏菊《なつぎく》の香《か》を吹けばみ霊《たま》み姿《すがた》かへるべく思ふ

白玉《しらたま》を抱《いだ》く若葉の山蓮花《やまれんげ》君よみがへりここにあらずや

遠く行かむとして

赤城《あかぎ》の名は若《も》し天台《てんだい》に由《よし》ありやと聖等《ひじりら》の苦しみし旅の記《き》に逢《あ》ふ

母は如《い》何《か》に言ふらむと覚《さ》むる夜《よる》あれど考へてゆけば五年前《いつとせまへ》に亡《な》し

「給羊」に私《わたくし》の考証《かうしよう》のこさむも生《うま》れ育ちし上野思出《かみつけおもひで》のため

とりよろふ常《つね》なる山並《やまなみ》の間《あひだ》にして一朝《ひとあさ》の霧過ぎにきと言へ
大和《やまと》の上村《うへむら》の田の水葱《なぎ》をくひ洛陽《らくやう》の旅にいま立たむとす

帰　著

吾《われ》として長き道々《みちみち》をあまた君等にいたはり助けられ帰り来にけり
あたたかき大和《やまと》の冬に七夜《ななよ》ねてわななく膝《ひざ》のややしづまりつ

韮菁集より

北京雑詠

方《ほう》を劃《くわく》す黄なる甍《いらか》の幾百ぞ一団《いちだん》の釉《うはぐすり》熔《と》けて沸《た》ぎらむとす

紫禁城《しきんじやう》を除きて大方《おほかた》木立《こだち》しげり青《あを》吹く風に楼門《ろうもん》浮かぶ

はてしなき青き国原《くにはら》四方《よも》を限り城門《じやうもん》あり北京《ぺきん》あり

城門《じやうもん》より遥かにしてなびく煙《けぶり》一《ひと》つ風は通州《つうしう》に到るなるべし

閉ざしたる蓮《はちす》に夕日つよくして尖《とが》りし紅数《くれなゐかず》かぎりなし

塔《たふ》白く寺廃《すた》れ蓮華《れんげ》たなびけり虚空《こくう》にまがふ荷葉《かえふ》のかがやき

蓮葉《はちすは》の夕べ緑青《ろくしやう》にしづめるも濁《にご》れる水を覆《おほ》ひつくさず

簾《すだれ》たれて西日ふせげる画舫《ぐわばう》の中《なか》人ただ臭《くさ》く蓮《はちす》ただ紅《あか》し

うさぎ馬煤《うまばい》を車《くるま》し来《きた》るなり煤《ばい》より黒くして眼《まなこ》あるもの

車《くるま》よりこぼるる煤《ばい》は煙《けぶ》に立ち鞭《むち》と声とは驢《ろ》のしりを打つ

食《くら》ふもの未《いま》だ尽きねば花閉ぢし池の園生《そのふ》に人群れて入《い》る

此の院子《ゐんず》冷々《ひやびや》として胡同《ほうとん》にほこりを上《あ》げ煤《ばい》をたくはへしむ

汗に寝て秋まちがたき胡同《ほうとん》の者等《ものら》にほこり浴《あ》みせ煤《ばい》運ぶところ

物《もの》と価《あたひ》を判《わか》つ国人《くにびと》の心きけり堆《うづたか》く持ちむさぼりて売る

白絹《しらぎぬ》に緋《ひ》の糸刺《いとさ》せる鞋並《くつ》べば吾《わ》が家《や》の三人《みたり》の少女等《をとめら》思ほゆ

絹鞋《きぬぐつ》にみどりの赤き糸刺《いとさ》せり天平勝宝八歳《てんぴやうしようほうはつさい》思ひいづ

朝《あした》より鋭きを国の音声《おんじやう》とも壁《かべ》に住む者のこだまともきく

夜《よる》深く面《おもて》にあたる熱気《ねつき》あり感ずるは槐《ゑにし》の花の香《か》か

夕日つよく楊《やなぎ》にさせる勢《いきほい》に秋の色すでになきにしもあらず

汗に溺《おぼ》るる目をふきながら少女《をとめ》答ふ日本《にほん》の言葉やさしいつくし

此の宿《やど》を小さき日本《にほん》と帰るなり少女等《をとめら》のひびく日本語《にほんご》の中《なか》

蓮池《はすいけ》は直《ただ》ちに瑞雲《ずいうん》に通《かよ》へども来迎《らいがう》を描《ゑが》かず慈姑《くわゐ》のもろき花を写《うつ》す

横《よこた》はる吾《われ》は玉中《ぎよくちゆう》の虫にして琥珀《こはく》の色の長き朝焼《あさや》け
じりじりと熱くなるのを窓下《まどした》は磚《せん》のほとりの朝のこほろぎ
胡同《ほうとん》より幾重《いくへ》にも汚濁《をぢよく》さへぎりて白麻衣涼《しろあさごろもすず》し気高《けだか》し
銅鉱《どうくわう》なき国にして銅《どう》の尽きぬこと南酒第一品北京《なんしゆだいいつぴんほくきやう》に到《いた》ること
雲南《うんなん》の大理《だいり》の石を此所《ここ》に積みて華表《くわへう》はなびく青雲《あをぐも》の中《なか》
煤《ばい》を挽《ひ》くうさぎ馬《うま》も馬を追ふ者も洗はれて清々《すがすが》し雨後《あめあと》の今朝《けさ》
塵《ちり》洗はれ人等親しき今朝《けさ》の衢縦横《ちまたじゆうわう》に槐《ゑにし》の花咲きあふる

蒙疆行

七月二十八日　北京張家口

高粱《かうりやん》を前にしやがめる全裸人文字発明《ぜんらじんもんじはつめい》の朝思《あしたおも》ほゆ

望楼《ばうろう》より望楼に登る長城《ちやうじやう》の磚《せん》新しく足にひびくなり

世《よ》の音《おと》のここに聞《きこ》えねば長城《ちやうじやう》の冷えたる磚《せん》にしばしまどろむ

嶺《みね》をこえ谷を渡りて鷹揚《おうやう》なる長城のうねり日は強く照る

利己のみの民《たみ》といふなかれ此《か》くまでに力を集め国土《こくど》を守る

年を経《へ》て苔《こけ》なき磚《せん》も照りつくる日熱くして感傷にいとまなし

山下《やました》の県城《けんじやう》めぐる雷雨《らいう》の川高き濁りは火車《くわしや》をさへぎる

止《とど》まれる列車を下《くだ》り草村《くさむら》に蜜蜂を打つ支那少年《しなせうねん》と

すばやく藁《わら》をかへして虫をとる少年白皙《はくせき》の面《おもて》よごれたり

垢《あか》づける面《おも》にかがやく目の光民族の聡明《そうめい》を少年に見る

塔型《たふがた》の山あり麓《ふもと》に廟《べう》ありその手前に廃屋《はいをく》あり

三十日　張家口大同

行き行きて楡《にれ》と楊《やなぎ》と尽くるなし楡と楊には即《すなは》ち家あり

雨すぎて黄なる地隙《ちげき》にさす夕日地殻新《ちかくあらた》に成《な》りし日のごと

三十一日八月一日　大同雲岡

馬《うま》と驢《ろ》と騾《ら》との別《わかち》を聞き知りて驢来《ろきた》り騾来《らきた》り馬来《うまき》たり騾《ら》と驢《ろ》と来《きた》る

牛《うし》と驢《ろ》が騾《ら》と驢《ろ》が馬《うま》と牛《うし》が曳《ひ》く車つづきて絶えざる朝《あさ》の市《いち》

漑塵《がいぢん》と掲《かか》げし意味を考へつつ行きて菊千代《きくちよ》の看板《かんばん》につきあたる

此の崖《がけ》に幾万の仏《ほとけ》こもりつつ窟《くつ》に龕《がん》に雨は吹きあつ

日本《にっぽん》の薺《なづな》に異《こと》なりと思ひながら薺《なづな》の実踏み窟《くつ》に出《い》で入《い》る

龕《がん》高き羅睺羅《らごら》愛撫《あいぶ》の像《ざう》にのこる古《ふ》りにし朱《あけ》を立ちかへり見つ

蓮《はちす》の花いまだふふめる持つ尊者《そんじゃ》ゆたかなる笑《ゑみ》は人間にあり

大《おほ》きなる仏《ほとけ》をめぐる小《ち》さき仏《ほとけ》最も小《ち》さきは手に触れて撫《な》づ

この窟《くつ》は在《あ》りたる王《わう》を写し出でてたけき命《いのち》はいまも見るごと

北方《ほくはう》の顔長き王を生写《いきうつ》し仏《ほとけ》によらぬ仏《ほとけ》今に生きて見ゆ

この窟《くつ》は住みたる人の跡ありて輾臼《ひきうす》一つのこる親しも

吹きつくる雨に濡れゆく仏《ほとけ》あり千年《ちとせ》の雨に残りいましし

崖《がけ》の上磚《せんくづ》崩れたる廟《べう》ありてかかはりもなく雨に濡れてゐる

八月二日　大同厚和

枯れ立てる大葉《おほば》ぎしぎし時に見えて世田谷《せたがや》の道思ひいでつも

長城《ちやうじやう》を過ぎ来て墩台《とんだい》のつくるなし山脈《さんみやく》つづく限り墩台つづく

此の土につきて離れぬ民《たみ》ありて墩台の跡つづき鉄路《てつろ》ゆく

さし来《きた》る海の潮《うしほ》を見るごとし草に切り入る民族《みんぞく》の力

ただの野も列車止《と》まれば人間あり人間あれば必ず食ふ物を売る

八月上旬　厚和滝留

鶏頭《けいとう》の朝々《あさあさ》さゆる八月《はちぐわつ》にシャツ重《かさ》ね著《き》て東京《とうきやう》を思ふ

道のべに水わき流れえび棲《す》めば心は和《な》ぎて綏遠《すいゑん》にあり

なれて巻く朝《あさ》の脚絆《きやはん》の整《ととの》ふを喜びとして遠く到《いた》りぬ

立秋《りつしう》の前《まへ》の日の風野分《のわき》だち幼児《をさなご》を毛布に包む婦人等《ふじんら》

白楊《どろ》の並木《なみき》行《ゆ》き来《き》の人の夏衣《なつごろも》　野分はかへる新城旧城《しんじやうきうじやう》の間《あひだ》

西吹《にしふ》きし一日《いちにち》の後《のち》燕《つばめ》　飛ばす綏遠鼓楼《すいえんころう》静まりて立つ

杆《てこ》を据ゑ麵《めん》を押《お》し出《だ》し煮つつ売る綏遠城《すいえんじやう》　大街《たいがい》人楽しめり

髪少し額《ひたひ》に立てし唐子《からこ》にて樺《かば》似《に》つかはしき金盞花《きんせんくわ》一《ひと》つ

澄みきはまり黒ずむまでの天《てん》の下《した》花みな碧《あを》き陰山《いんざん》を越ゆ

囲壁《ゐへき》崩れし帰化旧城《きくわきうじやう》に流れ込む賑《にぎは》ひは門閉《もんと》ざす喇嘛寺《らまでら》の前

売れる物蒙漢回《もうかんくわい》を雑《まじ》へたれど群がり来《きた》る容《かたち》やや同じ

乾棗《ほしなつめ》山査子《さんざし》海棠《かいだう》杏《あんず》等《など》蠅を散らして其の物を知る

煙毒《えんどく》に減《へ》りゆく民《たみ》を嘆き言ひき老総管《らうそうくわん》に通訳して問へば

歓喜天《くわんぎてん》一つ残して廃《すた》れたれば蓬《よもぎ》は高く陶瓦《たうぐわ》つやつやし

蔵文《ざうぶん》の聖教一枚《しやうげういちまい》手にとりて又屋根土《やねつち》の落ちし上に置く

黄河の賦

ほこり立て羊群《ひつじむれ》うつる草原《くさはら》あり黄河《くわうが》の方《かた》はやや低く見ゆ
ああ白き藻《も》の花の咲く水に逢《あ》ふかわける国を長く来にけり
青き国に岸なき水のよどみたり光かすかに夕べの黄河《くわうが》
近く来てゆるやかなる流の音きこゆ瀬波《せなみ》に入りし島のごとき芥《あくた》
親しみ来《こ》し陰山《いんざん》ここに終る見えて雲とも煙《けぶり》とも黄河の来《きた》る方《かた》
オルドスの起き伏して赤き山並《やまなみ》に黒きところは雲のかげらし
今見るは勢減《いきほひへ》りかけし水嵩《みずかさ》にて西蔵雪水《ちべつとゆきみづ》の終りなりといふ
七月《しちぐわつ》に雪水到り甘粛《かんしゆく》の雨水《あまみづ》は到る九月《くぐわつ》なかばごろ

こぎ出でていよいよ広き大黄河《だいくわうが》しぶきを立てて瀬を越えむとす

渡りゆき上《のぼ》る渡口《とこう》の沙原《すなはら》に駱駝《らくだ》牛《うし》驢馬《ろば》今煮えし小米飯《せうまいはん》

香《か》を立てて青草《あをくさ》もやし茶をわかす漢蒙《かんもう》混《まじ》りあふ渡口《とこう》の昼すぎ

箱舟《はこぶね》に袋《ふくろ》も豚《ぶた》も投げ入れて落ちたる豚は黄河を泳ぐ

赤き上衣《うはぎ》目に立つ蒙古《もうこ》棹《さを》とりて箱舟は今中流《いまちゆうりう》にあり

オルドスを来《きた》りし駱駝荷をおろし一つ箱舟の渡す時待つ

山西河南

二十五日　石門開封再賦黄河

耕せる国平《たひら》かに野の花の目に立つものもなくなりにけり
赤き旗白き旗して追ふ見れば蝗《いなご》この国に食ひ入《い》らむとす
鋤《すき》一つ並び曳きゆく牛《うし》と馬《うま》互に目がくしはてしなく行く
なびき合ふ柳《やなぎ》の白き夕風に黄河を南に渡らむとする
一穂《ひとほ》なく蝗《いなご》の食ひし粟稈《あはがら》を沙《すな》の上より集めつつ居り
草生《お》ひぬ長き堤《つつみ》にそひ行きてつひに何方《いづへ》に黄河をわたる
堤防《ていばう》はきはやかに陰影《いんえい》をあらはして棉《わた》を集むる人等立ちかがむ

沙丘《さきう》あり幾重《いくへ》かの古き堤防をよこぎりて行く黄河渡るべく

堤防を切通《きりとほ》し入《い》る黄河跡《くわうがあと》豆のしげりははてし無く見ゆ

二十六日　開封

鉄塔《てつたふ》に蓬《よもぎ》のそよぐ風ありて天《あめ》の深さは限り知らずも

青き空見れども飽《あ》かず十三《じふさん》に重《かさ》ねし塔《たふ》の陶《たう》てりながら

暑き日は陶《たう》の仏《ほとけ》にてりつけて鉄塔風鐸《てつたうふうたく》のゆらぐことなし

新しく建ちし成尋《じやうじん》の石文《いしぶみ》あり黄河《くわうが》の沙《すな》を平《たひら》めし中

年老いし母の嘆きを負ひ持ちて遠く学びし阿闍梨《あざり》をぞ思ふ

廟《べう》一つ古き宮址《みやあと》に高く登り黄河の方《かた》に柳《やなぎ》かぎりなし

古《いにし》へにこの汴《べん》をすぎ長安《ちようあん》に往《ゆ》き来《き》し憶良《おくら》いかに行きけむ

南京雑歌

塼《せん》の上に老いたる纏足《てんそく》よろめきて石榴《ざくろ》を捧《ささ》ぐ透《す》けるその朱《あけ》

巷《ちまた》より巷につづく臭《くさ》き気《き》のしかも誰《た》が家《いへ》ぞ蘭《らん》の香《か》ながる

櫟林《くぬぎばやし》も楓林《ふうりん》もいまだ青ければ下草《したくさ》より撫子《なでしこ》をあつめて遊ぶ

とねりこ楓《かへで》実の垂りたるも心しむ北より南に樹《き》を見つつ来《き》ぬ

雨の降る体菜畑《たいさいはた》の間《あひだ》ゆき石榴《ざくろ》を二つ買ひ帰り来《く》る

浴《ゆあみ》の後《のち》シャツそそぎつつかなしめり伯母《をば》が盥《たらひ》に洗ひし日のこと

遠く来て食《しよく》をつつしむ明け暮れや夕べは早く腹減る覚ゆ

吾《わ》れ口をつつしみて行けば木《こ》の下《もと》に沸《たぎ》る油《あぶら》より引上げ食らふ

横《よこた》はる北斉《ほくせい》河清《かせい》の仏碑《ぶつひ》像《ざう》埒《らち》をこえ両妻《りやうさい》の名のところを撫《な》づ

この国のゆたけき古《いにし》へいまも見よ大甕《おほみか》に青き釉《くすり》は流る

江南雑詠

九月八日九日　蘇州

千万花《ちよろづはな》雲とたなびく朱《あけ》も見き蒲《がま》の中《なか》なる今日《けふ》の一花《ひとはな》

池めぐる君に従ひ磚《せん》を踏む瞿園《くゑん》に菱《ひし》のうづだかき夕べ

槻《つき》の木《き》の少し衰ふる所すぎ蠟梅《らふばい》は石に寄り青々《せいせい》たり

蓄へて卓《しよく》に置きたる銅陶《どうたう》をないがしろにし閨帳《けいちやう》のぞく

菱《ひし》を植ゑ真薦《まこも》培《つちか》ふかたはらに稲穂《いなほ》は多くずい虫に白し

溝《みぞ》狭く架《か》するに拱《きよう》高き石の橋朝《あさ》の藷《いも》は煮えて鍋にあり

古《いにし》へより食貨《しよくくわ》のことを重《おも》みして殖《ふ》えたる民等《たみら》道にあふれ食《く》ふ

名を留《とど》め形《かたち》変れる蘇氏《そし》の家保安兵《ほあんへい》あり朝炊《あさかし》ぎする

型《かた》の如く壁《かべ》に沿ひゆく遊廊《いうらう》あり楼《ろう》に到りて甘藷《かんしよ》の畑《はたけ》に対《たい》す

さまざまの園《その》をめぐりて飽き足らぬ心はよりぬ四五株《しごかぶ》の小竹《ささ》

虎邱鎮茉莉《こきうちんまつり》の花の花市《はないち》にすてたる花を掬《すく》ひて拾ふ

茉莉《まつり》の花踏みゆく鎮《ちん》の賑ひに韮《にら》の花茎束《はなくきつか》ならべ売る

傾ける塔もあやぶまず集りて茶は花かをり西瓜子《すいくわし》を售《う》る

紅《くれなゐ》の角《かく》をひらけば淡雪《あはゆき》の歯にこころよし虎邱《こきう》の菱《ひし》の実《み》

上　海

さびなどを日本《にほん》の文学と思ふなよただ仮声《つくりごゑ》と身振《みぶり》なきのみ

立ち向ふこれも国籍不明《こくせきふめい》にて吾《われ》は言葉を発《はつ》するを待つ

老松盛桂花《らうしようせいけいくわ》はいまだ陳《ふる》くして落ちつきある香《か》に蠅のあつまる

吾《わ》がかくしに手を入るるばかりつき来《く》るを内山老人《うちやまらうじん》蹴とばして追ふ

流言《りうげん》の中《なか》を游《およ》げる如《ごと》く来ていくつかの流言を交易《かうえき》し行く

蓮蓉月餅百六十元《れんようげっぺいひゃくろくじふげん》の並べるを指をくはへて居《を》るわけでもなし

九月二十一日二十四日　杭州

軌条《きでう》積《つ》むかたはらに畳の芯《しん》を置く乏《とぼ》しくここに日本人《にほんじん》あり

西日さす西湖《せいこ》の秋の暑くして二花《ふたはな》目立つ蓮《はす》のくれなゐ

吹く風はほこりを巻きて暑けれど蓮《はす》の上よりかをり来《く》るもの

この湖《うみ》を恋ひて見ざりし古人《こじん》思ふ雨の中より柳《やなぎ》に夕日さす

吾《わ》が卓《たく》に柏《はく》と共にある曼珠沙華《まんじゆさげ》吹き入る風は嵐《あらし》ならむとす

赤松の幹に雨ふる親しさよ日本《にほん》より長くしてなびく松の葉

斑鳩《いかるが》に似《に》たりと思ふ鳥鳴きて昨夕《きぞのよ》も今朝《けさ》もしきりにきこゆ

栗《くり》のいが青き裏山は石積みし台榭《たいしゃ》のあとの幾段《いくだん》にもあり

日本《にほん》の小さき池をなぞらへて恋ひしいくその人等思ほゆ

朝《あした》よりきこゆる日本語《にほんご》を背《うしろ》にして霧の下《お》り来《く》る西湖《せいこ》に向ふ

夕日赤く照りつけたりし今朝《けさ》にして霧にこもれる杭州城市《かうしうじやうし》

見はらしの島に占《し》めたる何の墳石柱石人《つかせきちゆうせきじん》の草むらとなる

上海《しやんはい》の煙草屋《たばこや》陳《ちん》が陳荘《ちんさう》はコンクリートに少し蔓《つた》かかりたり

千五百《せんごひやく》ありし雲水《うんすい》今《いま》減《へ》りぬ米《こめ》高いですと余君《よくん》説明す

水くさの花白く浮けるを余君《よくん》に問ふ利民草《りみんさう》と鉛筆にて答ふ

西湖《せいこ》の菱《ひし》は名高いですと羞《すすむ》れば汗流し割る青き赤き刺《とげ》長き刺《とげ》無き

竹生《お》ふる丘にぬるでの花咲けり向へる吾は日本《にほん》を思ふ
岳王廟《がくわうべう》いでて上衣《うはぎ》をぬぎ持てばかをり新しき銀桂《ぎんけい》の花
二朝《ふたあさ》をわが枕べにかをれりし蓮《はちす》の朱《あけ》もおきてかゆかむ
西冷《せいれい》に夜《よ》もすがらなる虫《むし》が哭《ね》を三夜《みよ》ききて吾《われ》去りゆかむとす

南京雨花台

戦《たたかひ》の後《のち》大きなる平和あり驢馬《ろば》にのり驢馬を引き民《たみ》絶ゆるなし
長江《ちやうかう》は青き国原にひとすぢに最も西は天《てん》に光れり
帰りゆく驢馬《ろば》の一群《ひとむれ》数ふるに十五六頭にして又次の群《むれ》ゆく

中華門西《ちゆうくわもんにし》の入口《いりくち》見えながらほこりをあぐる門外《もんぐわい》の街《まち》

繕《つくろ》ひて白きところある城壁《じやうへき》も集《つど》ふ民船《みんせん》も秋日和《あきひより》の下《した》

甍《いらか》あかき白き洋風の家々は獅子山《ししざん》の方《かた》にあつまりて見ゆ

呉王夫差《ごわうふさ》の古《いにし》への跡清涼寺石頭城《あとせいりやうじせきとうじやう》ただ現前《げんぜん》の大きなる平《たひら》ぎ

いく所か賑ふ衢《ちまた》とほりぬけ秋されし莫愁湖《ばくしうこ》にめぐり出づ

蓮《はす》の葉の秋の葉とりて束《つか》ぬれば蓮の葉にほふ院子《ゐんず》のうちに

湖《うみ》のへの古《ふ》りたる寺の学校に米《こめ》を持ちより生徒学ぶなり

湖《うみ》に向き喇叭《らつぱ》習ふと若者等《わかものら》吹きなす音は城壁《じやうへき》に谺《こだま》しかへる

江北山東雑詠

丘《をか》の間《あひだ》に稀々《まれまれ》澄める川ありて鶏《とり》の血のごとく紅葉《もみぢ》する草

川原《かははら》に細石《さざれ》あることも心ひく石の間《ま》に短く紅葉《もみぢ》する何草《なにくさ》ぞ

斉《せい》の国《くに》魯《ろ》の国《くに》を再び往《ゆ》き来《き》して柿紅葉《かきもみぢ》しげき村々に逢《あ》ふ

はてしなき土にほのかなる萌黄《もえぎ》あり麦を早く蒔《ま》き麦の芽の出づ

草短く惜しみて煙《けむり》を立たしめず秋かげろふの国になびく夕べ

土あらはに煙を惜しむ国ゆけばただ一筋も心よるもの

秋の日の静かなる国のしたしさを何にもの足らぬ煙の立たず

泰山《たいざん》の黄より紫に変りゆく夕日の時に泰山をまはり行く

泰山を朝《あさ》の光《ひかり》に見し時もこの夕時《ゆふとき》も空はただ澄みに澄む

頂《いただき》の廟《べう》のかげりの見ゆるまで澄める空気の中にいかしき泰山

黄草嶺《くわうさうれい》の村に繕《つくろ》ふ少女《をとめ》見つ鉄路《てつろ》より低く嶺《みね》こゆる古き道

家々は穀《こく》打ちいそしみ幼等《をさなら》は声を上ぐ夕日の界首村《かいしゅそん》

井を汲むに轆轤《ろくろ》ひびきて人つとむ乾ける国に菜を作るべく

天津淹留唫

十月十六日　早朝天津着

七月《しちぐわつ》の暑き北京《ぺきん》に別れたる友とあふ無事なるも自《みづか》らうれし

東京《とうきやう》より臼井令息《うすゐれいそく》が届けてくれし真綿《まわた》の下着《したぎ》早く著《き》るべし

七月六日夜《しちぐわつむいかよる》のほどろに送られて十月十六日《じふぐわつじふろくにち》夏服を更《か》ふ

渡辺直己《わたなべなほき》戦死のあとを見すといふ塩ふく土を踏みてつきゆく

二十四日　天津市中

押し合ひて小鳥を売れる巷里《かうり》あり糶《せ》るものは自《みづか》らの声をたのしむ

杖《つゑ》の上に雲雀《ひばり》とまらせ人を分くる少年とも大人《おとな》ともつかぬ一人《いちにん》

蜘蛛《くも》を売る業《なりはひ》あり玉蜀黍《たうもろこし》の幹より虫を割り出《いだ》すなりはひあり

続南京雑歌

石だたみの雨のなごりを踏みて上《のぼ》る中山陵《ちゅうざんりょう》の秋の紀念日

中山先生遺骸安置《ちゅうざんせんせいゐがいあんち》の白き室《へや》ともしかがやく日に来《きた》りあふ

限りなくつづきて丘を上《のぼ》り来《く》るは中山陵《ちゅうざんりょう》参拝の青年少年等

もみぢしてとぶらふ国民革命烈士《こくみんかくめいれつし》の霊《れい》それを助けし日本志士《にほんしし》の霊《れい》

日本志士山田良政君《にほんししやまだよしまさくん》をかなしみて孫文《そんぶん》自《みづか》ら立てし碑《ひ》も見つ

紅《くれなゐ》も黄もまだ青きも匂《にほ》ひ立つ霊谷楓林《れいこくふうりん》に再び来れば

昼すぎになりてにぎはふ中山陵《ちゅうざんりょう》もみぢかざすは少年少女《せうねんせうぢよ》

吾がこのむ青色衣《あをいろごろも》綿入れて少女《をとめ》はならぶ哀悼《あいたう》の雨の中《なか》

何時《いつ》の間《ま》に黄麻《くわうま》は引かれ道芝の実の散る中山路山羊《ちゅうざんろやぎ》の一群《ひとむれ》

博物館の木《こ》ぬれも少し秋ざれて蟬《せみ》ともこほろぎとも分《わ》かぬ虫のなく

続北京雑詠

立つ人を隠《かく》さふまでに紅葉《もみぢ》して匂《にほ》ふ荻原《をぎはら》はてしなく見ゆ
草もみぢ限りも知らぬ国原《くにはら》に少しおくるる柳《やなぎ》のもみぢ
黄なる葉にやや沙《すな》を吹く風立てる北京外城《ぺきんぐわいじやう》にかへりつきたり
北京城《ぺきんじやう》はなにに故人《こじん》にあらなくに涙にじみて吾《われ》は近づく
ゆさゆさに成れる槐《ゑにし》の実にすきて黄なる夕日の中歩みゆく
塼《せん》の庭ひろく枯れたる草の穂にほのぼのとして日は西渡る

宮《みや》すたれ多く閉ざせる殿《との》の前《まへ》葉を早く剪《き》りて牡丹《ぼたん》を囲《かこ》ふ

塼《せん》の間《ま》に青き苦菜《にがな》の冬の葉を惜しみつつ壁《かべ》に沿ひ塼の廊《らう》めぐる

再び来て立てる世祖《せいそ》の御書《ごしよ》の前形《まへかたち》かまはぬ寛《ゆた》かさしたしく

海西《かいせい》の画工《ぐわこう》筆もて馬《うま》を写《うつ》す写すは東西《とうざい》によることなし

限《かぎり》なしと吾は幾度《いくたび》か言ひあらはす真《まこと》に限なし南護城河柳《みなみごじやうがやなぎ》の黄葉《もみぢ》

青柳《あをやなぎ》 黄に変りゆく色にして空を押しへだて限なき並樹《なみき》

茶を売るに莫談国事《ばくだんこくじ》といましめて駱駝《らくだ》追《おひ》も洋車引《やんちよひき》も休《やす》み処《ど》となす

ゆたかなる朝の市かな立つ客の指さすに随《したが》ひ猪肉《ちゆうろう》割《さ》かる

人あれば食《しよく》のともなふ理《ことわり》を塵芥《ごみ》の中《なか》より青き葉を拾ひ取る

長き間吾《あひだわれ》をみちびきし友二人《ふたり》中海《ちゆうはい》の午後に別れむとする

黄にそよぐ夕べの柳《やなぎ》夢なれや寒き南海《なんはい》より人のぼり来る

古きものかぎりも知らず池の中の廃《すた》れし跡《あと》も一夜《ひとよ》寝るべく

公園も寒くなりぬと談《かた》りつつ日本《にほん》に見ぬ金魚を書きとどむ

吾等やすむ午門《ごもん》の前《まへ》の塼《せん》の上刈安《うへかりやす》に似てやさしき草の穂

小《ちひ》さなる穂に架《わた》をもつ草一本《ひともと》塼の上《うへ》にはその影がある

冴《さ》え冴《ざ》えとほこり静まる夕べにて莢《さや》たるる合歓《ねむ》に残れる光《ひかり》

三寒《さんかん》の今日《けふ》ははじめの沙《すな》の風青きももみぢも槐《ゑにし》の落葉《おちば》

山下水より

六月十一日夏実に寄書

朝《あさ》よひに真清水《ましみづ》に採《つ》み山に採み養《やしな》ふ命《いのち》は来《こ》む時のため

同日上村孫作君に

青葉立つ榛名《はるな》の山の山陰に吾《わ》が故里《ふるさと》をへだてて住まむ

終日《ひねもす》に鳥が音《ね》近しはしり出《で》の道に三《み》つ葉《ば》の茎立たむとす
竹の下《した》の落葉《おちば》運びて茄子《なす》を植《う》うとどまる心ありやなしや

七月二十三日上村孫作君の来信に酬ゆ

廃《すた》れたる庭を刈《か》り青き草を焼く夕べ浅間《あさま》の晴れし時の間《ま》
雨はれなば山に竹の実求めゆかむ饑《うゑ》を惶《おそ》るとな思《おも》ひそね
山の上《うへ》に吾《われ》に十《と》坪《つぼ》の新墾《あらき》あり蕪《かぶ》まきて食はむ饑《う》ゑ死ぬる前に

川戸雑詠　一

ひねもすに響く筧《かけひ》の水清《きよ》み稀《まれ》なる人の飲みて帰るなり
はしばみの青き角《つの》より出づる実を噛《か》みつつ帰る今日《けふ》の山行《やまゆ》き
出《い》で入《い》りに踏みし胡桃《くるみ》を拾ひ拾ひ十五になりぬ今日《けふ》の夕かた
はしばみに幼《をさな》かりにし友三人《みたり》山をへだててふるさと思ほゆ
朝《あさ》よひに馴《な》れつつ採《つ》めば園《その》の如し葶藶《ていれき》の泉《いづみ》澄みまさるなり
草むらに今朝《けさ》目にしるき紅《くれなゐ》は一《ひと》つさきたるつりふねの花

大和疋田村

みぞれ吹く夜《よる》の宿りを過《すご》し来てなつかしきかな靄《もや》ごもる君が村

菅原《すがはら》のみささぎ暮れて道白き佐紀野《さきの》をぞ行く命《いのち》なりけり

高円《たかまと》にゆふべたなびく紫《むらさき》に恋ひつつのぼる草紅葉《くさもみぢ》の畦《あぜ》

三輪山《みわやま》もそのさきの耳我《みみが》の横嶺《よこみね》も見えて立ちこむ飛鳥《あすか》あたりの夕靄

垣山《かきやま》にたなびく冬の霞《かすみ》あり我《われ》にことばあり何か嘆かむ

川戸雑詠　二

霜いくらか少き朝《あした》目に見えて増さる泉よ春待ち得たり

尾長《をなが》一群《ひとむれ》去りたる後《のち》に起《お》きいでて昨日《きのふ》より温かしと思ふ楽しも

こひねがひ向《むか》へば今朝《けさ》は緑ある土に靄《もや》のごとく降る雨

走井《はしりゐ》に小石《こいし》を並《なら》べ流《なが》れ道《みち》を移すことなども一日《いちにち》のうち
枯草の中の一こゑを蛙《かはづ》かと思ふ午《ひる》すぎ出でつつ採《つ》めり
日々《ひび》に見て変化乏《とぼ》しき流なれど小さき渦巻《うづまき》に時をすごしつ
流れ寄る芥《あくた》の中の渦《うづ》いくつ右まきひだりまき吾を慰む
やうやくに心定《さだま》るゆふべにて四方《よも》に新しき泉のきこゆ
石一つ腰をおろすに余りあり下《した》ゆく水の声はよろこぶ
北支那《きたしな》より帰りし君を伴《ともな》へど雪の下《した》には採《つ》むべきもなく
吾《わ》が言葉《ことば》にはあらはし難く動く世になほしたづさはる此の小詩形《せうしけい》
日本語《にほんご》の抑揚乏《よくやうとぼ》しきを思ひ知りさびしみし北京《ぺきん》の夜《よる》も忘れむ

泉頭唫

石の間《ま》にめぐる泉に朝ごとに目に立つ緑来《きた》りつつ踏む
此の朝霜《あした》しろくしておのづから泉の音に春来《きた》るべし
蟹《かに》ひとつ形《かたち》のままに死にたるも沈みて春の泉は増しつ
目の下《した》に釣橋《つりばし》ひとつ見え居りてただ世の中につながりをもつ
日数《ひかず》割り乾大根葉《ほしだいこんば》食《くら》ふさへ力つくし峠を越ゆる思ひぞ
水芥子《みづがらし》冬のしげりを食ひ尽《つく》しのどかに次《つぎ》の伸びゆくを待つ
寒《かん》なかばとみに温き今宵《こよい》にしかゆき体《からだ》をもてあましたり

かゆき足に手を置き吾《われ》の眠らむに流るる泉の音ぞきこゆる

柳の花

日の光《ひかり》あたる南側《みなみがは》わづかばかり柳《やなぎ》の花の蕊《しべ》を立てたり

灰色の柔毛《にこげ》の中《なか》にこもりつつ咲ける柳《やなぎ》の黄なる花しべ

谷を吹く風に舞ひ来《く》る雪幾片《いくひら》とけて柳の花のうるほふ

柳咲かむ絮《わた》に包《つつ》める紅《くれなゐ》を今日《けふ》のひかりの中《なか》に見むとす

春の日に白鬚《しらひげ》光る流氓《りうばう》一人《ひとり》柳の花を前にしやがんでゐる

怠《おこた》りてすごしつつすでに力《ちから》堪《た》へぬ掌《てのひら》に受くやなぎの花粉《くわふん》

山のかげむらさきとなる夕まぐれ動くは煙《けむり》しづまる斑雪《はだれ》

風なぎて谷にゆふべの霞《かすみ》あり月をむかふる泉々《いづみいづみ》のこゑ

川戸雑詠　三

甘草《かんざう》のつむべき畦《あぜ》を見に出でて三月二十日《さんぐわつはつか》山鳩を聞く

萌《も》えいづる畦《あぜ》の青さは寄せて来る潮《うしほ》のごとし吾《われ》をめぐりて

南《みなみ》吹きし一日《ひとひ》の夕べ白梅《しらうめ》のそのはつ花のすがすがとして

温かに足の痛まぬ夕ぐれは少しぼけ気味《ぎみ》にて散歩《さんぽ》する

静かなる泉に吾《われ》のつみ居《を》るに青きにのぼり来て蜷《にな》の食らふ見つ

夕ぐれて吾《わ》が手の指の見ゆるかぎり甘草《かんざう》を切る枯草の中に
さす竹の君がたまへる蕎麦《そば》なれば甘草《かんざう》を煮てうましともうまし
せばまりし谷は浅間《あさま》の方《かた》に開け吾《わ》が坐るには一《ひと》つ石《いし》あり

吉良の野

吉良《きら》の野の麦の嵐《あらし》に向《むか》ひ来て椿《つばき》落ちたまる君が家《いへ》の門《かど》
竹なびく岡山《をかやま》の村とめ来《く》れば山吹《やまぶき》咲きて君がいへあり
雲母寺《きららでら》に古《いにし》への話《はなし》ききをれば人の世はいまも偽《いつは》りおほし

川戸雑詠　四

甘草《かんざう》も未《いま》だ飽《あ》かぬに挙《こぞ》り立つ浅葱《あさつき》の萌《も》えいづれを食はむ

地《ち》につきて白き古葉《ふるは》のすがしきにこぞり萌え立つ浅葱《あさつき》の芽ぞ

青くなる真間《まま》より韮《にら》を拾ひつつのびし浅葱は今日《けふ》かへりみず

にんじんは明日《あす》蒔《ま》けばよし帰らむよ東一華《あづまいちげ》の花も閉ざしぬ

折りて来て一夜《ひとよ》おきたる房桜《ふさざくら》うづだかきまで花粉《はなこ》こぼしぬ

一人静眉《ひとりしづかまゆ》をひらける木《き》の下《した》にいまだしめれるきその夜《よ》の雨

山吹《やまぶき》は谷を照らして小竹《ささ》の葉によれる木《き》いちごの白き一枝《ひとえだ》

馬鈴薯《ばれいしよ》に蔭する藪《やぶ》を刈り刈りて桜《たら》と桜の二木《ふたき》をのこす

刈りてゆく鎌《かま》に触れつつかをる木も茨《いばら》も惜しも今芽ぶきの時

若狭高浜

朝《あさ》あけて窓の下《した》なる入海《いりうみ》のいさごの上のしろき潮《しほ》なわ

枕べに盆《ぼん》に盛《も》りたる今日《けふ》の米《こめ》あかつきにして人の取りゆく

我が旅に重きを負《お》ひて従へり父のズボンの古きなほして

日田雑詠

雲の下《した》にゆがみて高き山一《ひと》つ寄らむ思《おもひ》も落ちつきのなく

か弱《よわ》なる心を日本《にっぽん》に生《うま》れ来て今日《けふ》は楽し静かなる水に浮く竹の皮
竹の上《うへ》いろづく麦の畑《はたけ》みゆ白き塗りささやかに住めるかなたに
ゆくへなき朝《あした》の霧のはれゆきて又小さなる山々に向《むか》ふ
夜《よる》ふかく遠き瀬の音にさめ居《を》れば明《あか》りてすぐるかがり舟ひとつ

五月二十八日大宰府都府楼址

山に向《むか》ふ風にふかるるかすかなる鐘《かね》のひびきのいくたびかして
はぜ若葉てりたる中に古き実の房々《ふさふさ》としてたれ下《さが》りたる
一畦《ひとあぜ》のさながらなびくくれなゐに茅花《つばな》の時のすぎむとすらし

草の上に来《きた》りて坐る何人《なにびと》ぞ成《な》れる吾が身の果《はて》も見るべく
いつまでも去らざるものを後《うしろ》にし帽子《ばうし》の下《した》にかがむを見たり

宮島にて

君も君も吾もうれしも命《いのち》生きて雨にまがふ谷水の声にねむるも
山鳩《やまばと》のひくきふた声三声《みこゑ》して若葉は朝の明るさとなる
ささやかに朱《あけ》をめぐらし夕潮《ゆふしほ》の近づく清《すが》しさ忘れて思へや

川戸雑詠　五

相共《あひとも》に鬚《ひげ》しろくなり生きて居《ゐ》るはらから三人《みたり》山の上にあり
ともに遊ぶ日もなく老いぬ愚かさは幼きままに今日《けふ》もふるまふ
お互《たがひ》に五十《ごじふ》すぎ煙草《たばこ》ならひしを話《はな》しあひつつマッチをする
農《のう》に育ち土地《とち》持たぬ兄弟《はらから》三人《みたり》にて山の上にもしみじみと語り合ふ
草の名も木の名も知らず過ぎにきと嘆息《たんそく》してさびしがるにもあらず

この朝夕

遠き島に日本《にっぽん》の水を恋ひにきと来《きた》りて直《すぐ》に頬《ほほ》ぬらし飲む

亡《ほろ》ぶとも湧く水清き国を信じ帰り来《き》にしと静かに言へり
夜《よ》もすがらひびく水の音近々《ちかぢか》にかなしき日本《にっぽん》に吾は目覚《めさ》むる
あはれなる今日《けふ》といふとも雨すぎしものの茂りは心よらしむ
ほほがしはたをやかにして白花《しろはな》の清き日本《にっぽん》をただに愛《かな》しむ

うば百合の花

木《こ》の暗《くれ》に開《ひら》きあへざる白き花露《つゆ》しとどなる今朝《けさ》のうば百合《ゆり》
咲き栄えかをりおごれる白百合《しらゆり》に少し間《あひだ》おくうばゆりの花
うばゆりのしどろに落つる花片《はなびら》にほのかなるみどり誰《たれ》か嘆《なげ》かむ

わき流るる山下水《やましたみづ》のとこしへに一時《ひととき》うつるうばゆりの花

熱海にて静臥数日

宵々《よひよひ》におくるる月を待ちこふる海の上《うへ》にをどるはつか紅《くれなゐ》

相病《あひやま》ふ隣《となり》も知らず風の中に横《よこ》ぼりふせば安《やす》らなるもの

海の上に雲あかき夕《ゆふべ》の一時《ひととき》あり枕《まくら》の上の風もかはりぬ

立ちかはり来《きた》りて触るる少女等《をとめら》の手の下《した》に老いしからだ横《よこた》はる

病みふして病む身を思ふこともなく足を曲ぐ涼しき風の下《した》

相抱《あひいだ》ける二人《ふたり》海に向き石をなぐ吾《われ》より四十米《しじふめーとる》かなたの世界

燕の子

吾が家《いへ》に育つつばくらの雛《ひなさんば》三羽日に日に染まる胸の紅《くれなゐ》
雛三羽親鳥むかへ口をあく吾《わ》が娘等《むすめらみたり》三人朝《あさ》の藷《いも》を食ふ
燕《つばめ》の子こころみに羽根《はね》をのばす下《した》足を投げ出《だ》す娘等三人《むすめらみたり》
巣のへりに外《そと》を見て居《ゐ》る雛三羽今日《けう》か立つ明日《あす》か立つ明後日《あさつて》なりや

樋口作太郎君に報ず

飢ゑむ日は君が作れる馬鈴薯《ばれいしよ》をゆきて乞はむと思ふ安《やす》けさ

吾が馬鈴薯隣《とな》り畑《はた》よりよくてほの紫の花のゆるるよ

友等あり種《た》子《ね》にこやしにこころよせ山畑《やまはた》みのる藷《いも》五《ご》十《じつ》貫《くわん》

働きて君が論語を読まむころ吾は家人《いへびと》に怒《いか》りつつ寝《ね》る

田代高原

遠々《とほどほ》に来ませる君を伴《とも》ひて終日《ひねもす》の雨山のつばくらを見る

鮮《あざや》かに浅間《あさま》の火口《くわこう》てらしたる夕日のやけもしばしてすぐ

擬宝珠《ぎぼうしゅ》の花梗《はなくき》立てるさながらを雨のかや野に入り立ちて抜く

広々《ひろびろ》と開かれし四阿屋《あづまや》の麓原《ふもとはら》今馬鈴薯《ばれいしょ》のみどりの茂り

いく条《すぢ》か青き野に立つ煙見ゆ新墾《にひはり》はそこまで進みゆきたり

追憶　福田みゑさん三周忌の為

君のなき君がふる里《さと》に一年《ひととせ》をすぎつつ稀々《まれまれ》に君をいひいづ
一《ひと》つ松《まつ》立てる坂をも幾度《いくたび》かこえて出《い》で入《い》り君が町になれぬ
吾がために夕べの酒をさがさむと坂をゆきにき老人《おいびと》さびてき
沢渡《さはたり》の蛇野《へびの》の村を知る家《いへ》に君がゆきしも吾が卵《たまご》のため
かりそめに吾《われ》の言ひたる避難所《ひなんじょ》に家あけて吾等待ちにしものを
思ひ出づる皆淡々《みなあはあは》し火に焼けし吾が本《ほん》に覆《おほひ》して固苦《かたくる》しき題字あり

草の葉の露と清《すが》しき君がため娘等《むすめら》はあつむ仙翁《せんのう》の鮭色《さけいろ》の花

森山汀川氏を思ふ

雪のこる小和田八剣《こわたやつるぎ》の井《ゐ》より入りて君がきめし家に住みつきし思ふ

ただ一つ吾《わ》が安らぎの場所として末広町裏《すゑひろちやううら》の君が家ありき

湯の脇《わき》の綿屋《わたや》旅館の鍋の馬肉橋本福松《ばにくはしもとふくまつし》氏などの記憶も相交錯《あひかうさく》す

雪早き守屋《もりや》の山のわびしさも君ありて四年《よとせ》堪《た》へて住みにき

柳咲く九月九日《くぐわつここのか》君を訪ふあるひは永《なが》きわかれかなしみ

古《いにし》への翁《おきな》のごとく病む君に相見《あひみ》き遂《つひ》に君起《た》たぬかも

やまと言葉

この言葉《ことば》も亡びるのかと嘆かひしこともひそかに吾《われ》は思はむ
ただ饑《う》ゑてすぎし一年《ひととせ》と思はめや一つ言葉に相語《あひかた》りぬる
言葉ありこころの通ふ現実をさきはひとして少《すく》き友等の中《なか》

南紀伊

山の上の夕映《ゆふばえ》は海につらなりて松しづかなる南紀伊《みなみきい》の国
君が今朝《けさ》精《しら》げし米《よね》を携《たづさ》へて夕ばえ美しき紀伊の宿《やど》にあり

虫ひとつきこゆる夜《よる》の静かなれば紀伊の空気の清くあたたかし
吾《わ》が好《この》む烏山椒《からすさんせう》の若木ありやや色づけるその葉に日はてる

正倉院展観に寄せて

西の方《かた》遠き世界につながりて今見る青く美しくくぐもる光《ひかり》
魚《いを》とも言へ毛物《けもの》とも言へ吾《わ》が前に青き光《ひかり》に包まれ生きたるその物
黄河《くわうが》思へば水上《みなかみ》にしてうづまける雲の下《した》ゆく西方《さいはう》の道
背《せ》に恋ふる雪の朝《あした》の皇后《くわうごう》よ強くも見ゆ豊かにも見ゆ藤三娘《とうさんぢやう》の自署《じしよ》
海の上の小さなる国さびしめどこまかく鏤《ちりば》めて命《いのち》生きにき

てる日の下秋靄《もとあきもや》ごもり奈良は見ゆ小さなる鹿《しか》草拾ふらむか

又大和疋田にありて

一年《ひととせ》にふたたび来《きた》る君が家あたかも玉《たま》なす御所柿《ごしょがき》の時

君が家《いへ》に十年《ととせ》を経つつ十津川《とつがは》のほととぎす黄ばみ露もつもよし

あひあへる君等夜《よ》とほし談《かた》らふに足寒くなれば吾《われ》は寝るなり

再報樋口作太郎君

初々《うひうひ》しく立ち居するハル子さんに会ひましたよ佐保《さほ》の山べの未亡人

寄宿舎

世の中の苦楽を超《こ》えて君ありとも君の涙がいくらか分《わか》る
折《をり》あらば奈良にゆきハル子さんを見たまへな藷《いも》うゑ静かな寄宿舎なり

川戸雑詠　六

わが恋ふる苗場《なへば》は遠く淡々《あはあは》と煙のごとき雲のまつはる
時代《じだい》ことなる父と子なれば枯山《かれやま》に腰下《お》ろし向ふ一つ山脈《やまなみ》に
同じもの食ひながら彼《かれ》はのんきにて我《われ》は息《いき》づき山の石を踏む

結局は小《ちひ》さなるこの国土《くにつち》と谷をゆき来《き》の汽車の笛《ふえ》きこゆ
白砂《しらすな》の朝の白雪《しらゆき》午後の日に少しのこりてあをく澄む天《そら》
うりかへでやうやく散れる青き木肌《こはだ》ひそかに愛《め》でて山下《くだ》る父ぞ

岡田真君に

たどたどと未《み》通女《つうぢよ》の例《れい》をさがすなり君が賜《たま》ひし法苑珠林《ほふをんじゆりん》に
法苑珠林《ほふをんじゆりん》見終へむとして新《あら》たなる君が賜《たま》ものは巡礼行記《じゆんれいかうき》
韮《にら》の音《おん》にカイあることを益軒《えきけん》よりさがしてくれぬわが岡田君《をかだくん》

自流泉

川戸雑詠　七

みちのくの君が羊《ひつじ》の編衣《あみごろも》寒き朝々起きいでて着る

足を病む君朝夕に草もちて羊に寄るを面《おも》かげにして

羊にも吾が思ふ心かよへかし老いしからだをいま包むなり

ゆふ闇《やみ》は谷より上《のぼ》るごとくにて雉子《きぎし》につづくむささびのこゑ

音たてて流るる水は春の水ぎしぎしの紅《くれなゐ》の芽を浸しゆく

山中漫詠

遠ざかる狐《きつね》の声のあはれにも谷にしみいる山彦《やまびこ》となる

雨戸あけて吾は聞き居り月いづる山にかへるらしき狐のこゑを

窓口に常にしたしき処女《をとめ》にて今朝行動隊に出で立つところ

この竹に宵々《よひよひ》宿る夕鳥を驚かし宵々に吾《わ》が散歩する

友よさは吾《われ》をあはれぶことなかれ雉子《きぎし》手にして食はむ今宵《こよひ》ぞ

燕の子

帰り来《こ》しつばくら二つ去年《こぞ》の巣を少しつくろひ住みつかむとす

巣のはたに羽根《はね》試みる燕《つばめ》の子別れををしむは人間の我が妻

燕の親かへり来《きた》るをたしかめて我が二人《ふたり》住む雨戸をとざす

網走にて

樋口君が負ひたる米を食ひながら網走《あばしり》遠く我等来にけり

箱の底に塩鱒《しほます》二匹相《あひ》ともに見て立ちし男が一匹を買ふ

泥の如き箱車《はこぐるま》の中は鯨肉《くぢらにく》橋にかかり馬の鈴の音《ね》ぞする

谷地《やち》だもの防雪林監獄《ぼうせつりんかんごく》の煉瓦塀《れんぐわべい》今日また見れば今日又かなし

自　流　泉

洞爺湖昭和新山

湖《みづうみ》の上を吹く風やや荒く波は軽石《かるいし》をまき立てて寄る

新しく地《つち》より起《おこ》りし昭和山《せうわやま》風ありて噴煙《ふんえん》は山にまつはる

有珠山《うすさん》もいまだ木草《きくさ》の生《お》ふるなし煙はく新しき山に向きつつ

青垣《あをがき》とこの湖《みづうみ》をめぐる山新山《しんざん》は焼けつつその中に立つ

大有珠《おほうす》は古き噴火《ふんくわ》の峰高く今燃ゆる新山《しんざん》を見下ろして立つ

土佐諸木村

松の下に塩やく煙たなびきて苦しむ桶《おけ》を沙《すな》の上に置く

桶の中に泡立ちたまる潮一荷《しほいつか》ひと日苦しみて二十度《にじふど》となる
潮泡《しほなわ》に足をぬらして我等あそぶ七日《なぬか》の月の傾くまでに

河内石川遊行

石川を前にわが見る高鴨《たかかも》をつつむ時雨《しぐれ》の雲ぞ下《お》り来《く》る
峡《かひ》とほく習太《ならひだ》の杜《もり》求めゆきき鴨山《かもやま》に寄するなげきみるべく
鴨山を再び目の前に見るいまを天《あめ》の時雨《しぐれ》は山にまつはる

川戸雑詠　八

道草《みちくさ》の枯るれば白き石の面故人《つらふるひと》のごとく吾が前にあり
この草をわが草として冬の日のうすくなるまで横《よこた》はるなり
寒々としめりもつ土間《どま》に筵《むしろ》しく取りにじりたる狸横《たぬきよこた》へて
集りて立つ人間等生きて居り足々みだれ狸横はる
たなびける一つ煙にくれゆきて入相《いりあひ》の鐘《かね》の音《おと》ぞきこゆる
物くるる君をば老の友として汽車の音する時に待つなり

宇野夫人追憶

みね子さんまだひとり身の教師にて高き笑ひもかくすなかりき

汗あえて五月《ごぐわつ》の湖《うみ》の湖ぞひの丘ゆきし四五人ただ思ひいづ
ゆきゆきてつめる蕨《わらび》のみじかきをしをるるまでにわれは持てりき

泉の上

疎開人《そかいびと》かへりつくしし春にして泉の芹《せり》を我独占《われどくせん》す
望《もち》の夜《よ》の月はいでむと水の音の静けき山の下をてらしぬ
しもやけし吾が耳にあたる空気ありて山を離るる月を待つかも

川戸雑詠　九

草の中に青きふくべを朝々《あさあさ》に来《きた》り手にふるいつしかも食ふ

ゆふがほの葉下《はした》にのびて覚束《おぼつか》な豆の花には露のしたたる

此の山の木下《こした》を三年《みとせ》耕して残しし百合《ゆり》の今朝の花の香《か》

ここをしも吾が住むところと帰り来てかび匂ふ本《ほん》の間《あひだ》に坐《すわ》る

竹藪《たけやぶ》にわづかかかりし乾菜《ほしな》ありこの村も寒く冬に入りにし

わが臥《ふ》せる夕べの家に山の彼方《をち》より菜種油《なたねあぶら》を持ちて来ませり

わが寝たる窓に杉の木あることも楽しかりけり鳥の集る

或る追憶

海よりの風たえまなく葦《あし》の葉のさわぎし蔭も思ひいづべし

しらじらし月は出でむと夜ふけたる柵《さく》の上《うへ》にはふるる露あり

たれもたれも幼き声のたかぶりにとりとめのなき時のすぎにき

絶えて見る四十年《よそとせ》なれば目につきて我に思ほゆにこ毛《げ》たつ手の

玉かぎる風のたよりといふことも心にぞしむいまは亡《な》きかも

道《みち》の上《うへ》のゐまひもとはと言ふならばわが目の前の山《やま》の間《ま》の霧

鎌倉雪ノ下

たわわなる萩の白花《しらはな》わけて入る吾に幾日《いくひ》の宿《やど》りうれしく

浜木綿《はまゆふ》の花の夕べも円《つぶ》らなる実の伏す今日も我に安けし

わが為に照れる月夜と見るまでに庭芝草《にはしばくさ》の露にぬれつつ

恥少き老《おい》をたのみ君が饗《あへ》を受く木瓜林《もくくわりん》乞食《こつじき》の如き顔して

小綬鶏《こじゆけい》と思ふ鋭き朝の声わが体《からだ》長し白き上青き中

朝《あした》よりいそしきあるじ出で行けば吾がもの顔にこの家にあり

素枯《すが》れ葉に垂りつつ長き芭蕉《ばせう》の花苞《はう》の中にはこもる花見ゆ

こもりつつ尽《つ》きせぬ花序《はなのついで》にもかまはずきびしき時は来向《きむか》ふ

越後鯖石村黒姫山

いさよひの月のさし来るその山を恋ふとし言ふもほのかなるもの
この山を月夜すがらに思ひ寝《い》ねきあかとき影にまざまざと見ゆ
くぐもりて少し靄《もや》ある朝空に鯖石黒姫《さばいしくろひめ》のただあはあはし
吾が友等吾をみちびく鯖石に秋のにごりのをさまる谷水《たにみづ》

石田百合子をかなしむ

病み病みて紅《くれなゐ》させる汝《な》が頬《ほほ》にゐくぼは清《すが》し処女子《をとめご》のごと
わが顔を見たしといへば我は立つみどりの眉《まよ》わいまだ衰《おとろ》へず

病む夫《つま》と弱きみどり児《ご》と荒き海渡り帰れば自《みづか》らが病む

善き夫直《をつとなほ》き子供等にみとられて静かなりける臨終《りんじゆう》をきく

汝《な》が姉《あね》とこの世に清《きよ》き二人《ふたり》なりき故郷山《ふるさとやま》にはやく安《やす》まる

川戸雑詠 十

イスウルクス送りたまへり忝《かたじ》けな日に日に注《さ》して大食《おほぐひ》をする

食《しよく》つきし長春《ちやうしゆん》に命《いのち》はてにける荒川左千代のことを告《つ》げ来《き》ぬ

三椏《みつまた》の蕾《つぼみ》は絹のごとくにてあしたあしたにつつましきもの

大阪に丁稚《でつち》たるべく定《さだ》められし其の日の如く淋《さび》しき今日かな

国遠く友等を頼み行かむにも老のかたくなを如何《いか》につとめむ

山中日々

山谷《やまたに》の春たちまちにあわただし青きさやぎの中に入りゆく

かをり立つ緑《みどり》の中にあるものをあなけたたましさ野《ぬ》つ鳥雉子《どりきざし》

呼びかはすいかるが二つ澄みとほり此の谷の道行くへ知らずも

青き枝なびく昨《く》ひもち谷こゆる鳶《とび》の足をも吾は見にけり

福田みゑ墓

汗あえて吾等はのぼる目じるしの森も林も焼けし火の跡

若かりし高野長英《たかのちやうえい》来《こ》しことを伝《つた》ふる石も火に焼かれたり

すかんぼに交《まじ》へ手向《たむ》くるきんぽうげあはれ清《すが》しき一生《ひとよ》なりしを

川戸雑詠　十一

鰌《どぢやう》一疋《いつぴき》つかみ静子が帰り来《き》ぬ川人足《かはにんそく》を吾に代りして

稀《まれ》にして出でたる町に病《やまひ》ありて吾が右の眉《まゆ》たちまち薄《うす》し

行く者の蹴倒し過ぎしねずみたけ集むることも我には楽し

伐《き》りし木の朽《く》ちて木の子の生ふるまで此の山下に住みとどまりし

巻第五私注不進

問の字の部類《ぶるい》も知らず字引《じびき》引きたどたどとして夕暮の時

白き栗食ふことは憶良《おくら》の世にもありきやそれとも九月三日《くぐわつみつか》熟《じゆく》するありきや

貧《ひん》と窮《きゆう》と分《わか》ち読むべく悟《さと》り得しも乏《とも》しき我が一生《ひとよ》なりしため

挽岡田真君夫人

わが今朝《けさ》の朝風《あさかぜ》はやし君が窓の初秋風《はつあきかぜ》を思ひこそやれ

ちさの花ただ束《つか》の間《ま》のかなしさも君をかけつつ吾は居《を》るなり

秋立ちてすべなく暑き日の中にいちびの花もをさまりてゆく

雪ノ下滝留唫

返り咲く君が桜の二本《ふたもと》あり朝夕《あしたゆふ》べに吾を立たしむ

松蟬《まつぜみ》ともこほろぎとも紛《まが》ふ細き声狭く残れる比企《ひき》が谷《やつ》の跡

粟《あは》の穂の早きを切りて敷き並《な》めぬ粟がらの中にも虫の声する

この墓を守《まも》りて生《い》きたる僧幾人《そういくたり》その一人《ひとり》仙覚が吾等にしたし

陸稲《をかぼ》の中横ぎりて飛ぶ蛙《かへる》あり過ぎにし代々は淡々《あはあは》として

武蔵《むさし》の国比企《ひき》の郡《こほり》に米取りに通ひし老も思ほゆるかな

網《あみ》の目《め》に息《いき》ををさむる魚《いを》も見つ美奈《みな》の瀬川《せがは》の沙浜《すなはま》の上

芥寄《あくたよ》る秋のをはりの沙浜にしたがふ妻も多く語らず

佐々子を思ふ

昨日《きのふ》より立ちて歩むと伝へ来ぬ彼《か》の狭《せま》き中に如何に育ちゆく

祖父《おほぢ》の校正《かうせい》に母のかへり見ねばうつ伏《ふ》し眠る佐々子をぞ思ふ

祖母《おほば》は朝々《あさあさ》みぎりの草を引く佐々子来《きた》りて歩《あゆ》まむがため

伯耆三朝

六十《ろくじふ》の憶良この国に守《かみ》として足痛む日は浴《ゆあ》む知れりきや

三朝川《みささがは》時雨《しぐれ》の朝の朝靄《あさもや》に少しよき神経痛の足をいたはる

川戸雑詠　十二

朝《あした》見て夕ぐれに見る甘藍《かんらん》の葉の上の氷つひに解けぬかな

金《かね》の為といふも幾分誇張《こちやう》して書き難《なづ》む雑文《ざつぶん》に消化不良となる

雪の前に拾ひて置きしけんぽ梨《なし》今日の日向《ひなた》のよろこびとなる

越《こし》の海のぶりを割《さ》き今宵《こよひ》は肝《きも》を食ふ腹のうるめは明日あげて食へ

湯湯婆《ゆたんぽ》入れ温《あたた》まり来る床《とこ》の中吾身《わがみ》の臭《くさ》きにも馴れゆくならむ

上衣《うはぎ》ぬぐ暖き日をいきほひて今日は三十二首注しをはりぬ

蜷《にな》の動き見つつ泉に春を待つはや幾年《いくとせ》の経験《けいけん》となりて

歌の会茶番《くわいちやばん》じみゆくも身につまさる短歌軽蔑論《けいべつろん》より直接《ちよくせつ》にして

群鳥《むらどり》の群がり来たる合間合間《あひまあひま》に黄鶲《きびたき》はただひとつのみ来る

四月十一日ふる里にて

道の上の古里人《ふるさとびと》に恐れむや老いて行く我を人かへりみず

古里の雨こまやかにすみれ草《ぐさ》友二人我をさしはさみ行く

老いし木は腐れ入りうつろの口をあく数へつつ思ふ三十五年《さんじふごねん》

今日めぐる墓は三《み》ところ吾がとぶらふ跡に一つのしるしだに無し

年々《としどし》のおきな草《ぐさ》の花も絶えぬるに此の道芝《みちしば》のたのしかりけり

心太《ところてん》売りたる祖父《おほぢ》の店《みせ》の跡あの畔《あぜ》にゆすら梅はまだあるかも知れ
ぬ

この谷《やつ》に入りなばゐぐの残るらむ雨のふる田を見て引きかへす

川原湯温泉

此のあした雲を抱《いだ》ける青谷《あをだに》や行かば一日《ひとひ》の息《いこ》ひあるべし

時過ぎし塩手《しほで》に寄りて道を譲る露にぬれ峠下《お》り来《く》る母子《おやこ》に
食らふもの干《ほ》し芋《いも》がらを携《たづさ》へて遠く浴《あ》みにし祖母《おほば》をぞおもふ

子規五十年祭

五十年《ごじふねん》すぎにし君の故国《ふるくに》に親しくもあるかな青き蜜柑《みかん》の
伊予《いよ》の温泉《ゆ》の夜《よる》は静まりいさ庭《には》のゆづきの丘にふくろふの鳴く
湯の岡《をか》に終夜《よもすがら》なる水の音子規五十年祭のあと興奮《こうふん》す
木《こ》むらには朝《あした》の露のしとどにてねむの実ねむの葉すがれむとする
正岡の升《のぼる》さんあり子規あり就中《なかんづく》我が命《いのち》寄る竹《たけ》の里人《さとびと》

川戸雑詠　終

一粒《ひとつぶ》に一度《ひとたび》草にかがみつつ栗を拾ふも容易《ようい》にあらず

てんぽなし此の一本《ひともと》の成る年も成らざる年も待ちにしものを

子供等の拾はずなりしおそき栗今朝のあさけの露にぬれたり

杖おきて石に下《お》り立つ谷水《たにみづ》に沈める一つ拾はむとして

青南集

青山南町に帰り住む

うから六人五《ろくにんいつ》ところより集りて七年《しちねん》ぶりの暮しを始む

吾が部屋を一つもらひて電灯の明るき下《した》にわびしくぞ居《を》る

六年《むとせ》耕すくぬぎが下《した》の菜畑にかれ葉のこして移り来にけり

なほ一人《ひとり》の土屋が山に残り居て落葉《おちば》の坂を行くかともまどふ

霜消ゆれば出でて焼けたる瓦《かはら》拾ふ東京第二層に何時《いつ》までか住む

亀井戸行

友二人《ふたり》遠く来りて見むといふ幾年《いくとせ》ぶりぞ亀井戸普門院
アス敷きてパチンコ横丁ありし日の本所茅場町《ほんじよかやばちやう》三丁目十八番地
ふた度の火にくづれたる墓石のはや感傷をこえし思ひす

尾張沓掛村　四月二十一日

春山はけぶり立ちたる若萌《わかもえ》の下ゆく道に上着《うはぎ》を脱ぎつ
三十年《さんじふねん》心にありし冬ざれの墓山今日は春の村の上
道の上に折りて手向《たむけ》のしで桜俳句学ばざりしことも思ひつつ

時すぎし墓原のわらび末つみて村人一人《ひとり》通りゆきたり

佐藤重賢君に報ゆ

心ゆく山の中にも住みがたく出でて足引くをあはれみ給へ
足羽《あすは》の山は吾知るほつつじの下に本読む君を見るごとし

ああ久米正雄

中城百合子まだ処女子《をとめご》の葡萄茶《えびちゃ》着て道にあひ赤くなりし久米正雄ああ
あ

赤門前《あかもんまへ》今成りし道のすぐなればなべては清く幼なかりにき

恋知らぬ処女子《をとめご》ゆゑに恋ひわづらひ魴鮄《はうぼう》の骨焼きて籠《こも》りしを

いくつかは吾より若い筈《はず》なのに君なきかあゝこころ遂《と》げきや

送られて飯田町たちし三月《さんぐわつ》より文学に君に疎《うと》くなりしかな

フレームある庭

此の庭に遊べと人等たまはりしフレーム今日は組み立てられつ

追はるれば苗置きて去りしより三十年《さんじふねん》三年《みとせ》待つべき花も今日は蒔《ま》く

このあした葡萄《ぶだう》のしんに上りたる虫を払ふと竿《さを》ふりまはす

羽根《はね》たれて鶏《にはとり》は口あき息をつく人間には水を飲む自由あり

小居

山寒くたへざるまでに老いぬれば友のまにまに帰り来て住む

平《たひ》らめてここに十坪《とつぼ》の畑ありあしたあしたの霜高くして

ゆづる葉の蔭をたのみてありふるに土の記憶のありとしもなく

上村孫作君

吾を助くる諸人《もろびと》就中《なかんづく》君ありて今日は手にす寿延経三百字

天平《てんぴやう》五年より千二百二十年憶良《おくら》の後《のち》に吾が見るこの寿延経

比丘難達《びくなんだ》十八年を増せりとも吾には百年ものびたりと思ふ

万木宗良君を思ふ

花をへし桜の若葉朱《あけ》になびく湖《みづうみ》の光に遊ぶ日もなし

今日に似し志賀山寺の若萌に相共《あひとも》なりきああ万木《ゆるぎ》君

戦はず果てし幾万の中の一人《ひとり》いづちの島と聞くこともなく

物乏しき時に君が母の手織一反食ふ物にかへ吾は生きにしを

大和疋田村

足わなき或《あるい》は饑《う》ゑし幾度《いくたび》かこの道こひてよりにしものを

かたくなに交《まじは》りて来《こ》し老二人今日掘る疋田のすみれ四種類

追悼斎藤茂吉

死後のことなど語り合ひたる記憶なく漠々《ばくばく》として相《あひ》さかりゆく

慰めむ味噌汁を吾が煮たりしも口がかわくと歎きつづけき

あひともに老の涙もふるひにき寄る潮沫《しほなわ》の人の子のゆゑ

ただまねび従ひて来し四十年一つほのほを目守《まも》るごとくに

近づけぬ近づき難きあり方も或る日思へばしをしをとして

冬の日

老吾《おいわれ》をよろこび下さるこころざし亡き君の袷《あはせ》花の種《たね》添へて

去年《きよねん》君が植ゑし葡萄を整枝すと甲斐《かひ》の国より君は来りぬ

吹きたまる砌落葉《みぎりおちば》の中に咲く白き一輪は伊良湖《いらご》の水仙

鴨一羽《かもいちは》ゆたけきは幾年《いくとせ》ぶりなるぞその青首を割《さ》きつつ食らふ

石ノ巻　山ノ目

人々の箸《はし》つけぬサンマの煮肴《にざかな》もわれにはたのし石ノ巻に来つ
三度《みたび》来て伴《ともな》ふは三度おなじからず亡き数に入りし若き幾たり
野の上の風に吹かるる青菜あり青菜は常にあたらしく見ゆ
足傷つき行きし山ノ目の道の見ゆ生命《いのち》はながし歌はみじかし

そひの榛原

此の山の温泉《いでゆ》よろこぶ君がへに左千夫歌集も編みにしものを
いつの時も早く目覚まし或朝は鳥を聞けよと呼び給ひにき

さかしらに老の命をさへぎりきなよなよとして錦木《にしきぎ》の雨
千早振神《ちはやぶるかみ》の如くにいはけなき其の日のことも過ぎてたふとぶ
従ひてひたすらなりきと思ふだに我があらむ世の光とぞなる
鳥がねも霧たちこめて雨の降るこの青山に涙のごはむ

筑前深江村

恋ひこひき此《こ》はこれ筑前深江村おそき月出で道の白しも
そこと思ふ海も海の上の島山も月の光はただほのかにて
国ノ守《かみ》山上ノ憶良綿《わた》すくなき衾《ふすま》思ほゆ時すぎし海水《かいすい》の宿

松浦《まつら》の道ここに通ひてつづけざまにトラックひびき暁となる

一つ歩む千鳥を襲ふ鳥あり深江の裏の朝なぎの時

嘴《はし》光る鳥にまじる老いし鳥後になりつつよたよたと舞ふ

佐紀野のあしび

吾が門に入りがたき馬酔木《あしび》送り来ぬ君はのんきで吾を困らす

吾が愛《め》づる萱《かや》を掘り捨て植ゑむにも君のねぢきは余りにでかい

交《まじは》りて三十幾年我儘《わがまま》を吾にゆるして木をさがしたり

佐紀の野の馬酔木の房の長き世に老を共にせむ意地悪二人

狭く汚き吾が根性のあかりとも信を知れとも君がまじはり

諏訪を過ぎて

川に向きま昼とざせる二階ありああ吾住みき三十五年前
あからさまに雨ざれ立てる窓一つ古き醜《みにく》さは人のみにあらず
訴ふと川を渡りし少女等《をとめら》の歎きの数も水の上の霧
清き生《よ》を紅葉《もみ》づる山にかくせれば道に会はさむ真処子《まをとめ》もなく
少女等《をとめら》は七緒《ななを》に貫《ぬ》ける真珠《しらたま》の散りのまにまに吾老いにたり

能登のなのりそ

三十にならない家持《やかもち》を貶《おと》しめきほひ立つ我六十五

雪しまく渋谷《しぶたに》の道ひねもすに宇波川《うなみがは》見き此の君おもひて

能登の海の莫告藻《なのりそ》食ふもはげみにて日に読む万葉集巻十七

稲垣鉄三郎君追悼

また一人我より若く君たふる信じ安らぎうたひしものを

心たしかに歌ふ月々たのみにき朝歌ひ静かにゆきしと伝ふ

言葉かよふ一人一人と先立てば老いてかくれむ草もかなしも

備後敷名浜

藤咲ける敷名《しきな》が浜に少年の日の感傷に一生《ひとよ》過ぎむとす
友ありて敷名の磯に下り立ちぬ恰《あたか》も松にかかるふぢなみ
今日ありてまたなき岸の若葉吹く風を沖よりかへり見にけり

尾の道中村憲吉僑居跡

目の前に海の光はありながら過ぎゆきはやき二十一年
石の上樟《くす》の下なる小《ちひさ》き亭《てい》残れるものはありし日のさま

石の間にわづか散りたる樟の落葉登らむとして思ひたへずも

日向油津

大隅の串良《くしら》のうなぎ我食はず坂口末義志布志《しぶし》に待たむ
鹿児島の友より日向《ひうが》の友に渡りただ安らぎてなほ行かむとす
この港を過ぎて鹿児島に学びにし中村憲吉のこともはるけし
亡き君より聞きて五十年油津《あぶらつ》に今日来り見る存《なが》へしため
出づる船入る船もなき油津の朝の波止場をただ我等ゆく
船入らぬ港の業《げふ》とトラックにごみの如き雑魚《ざこ》を運び来れり

並びたる吾が知らぬ魚は友等知らず椎屋《しひや》は鯖《さば》の区別さへなし

交《まじは》れば相似《あひに》て共に頑《かたくな》に顧みる二十年さまざまたのし

金の岬

名児山《なごやま》を何方《いづへ》と知らず越え来《きた》り心はなごむ神《かう》の湊《みなと》に

勝島《かちしま》の方にて釣りて来しといふ乏しき魚を見せてゆきたり

ただ走る昨日に続く道の埃《ほこり》五味君は頻《しき》りに西瓜を食ひたがる

目ざし来し織幡《おりはた》の杜《もり》涼しければ幼き者等寄りて蝉《せみ》を差す

声にうたひ命をかけて漕ぎけむを今目の下に狭き島の瀬戸

長き恋ここに尽くべし水くきの遠賀《をが》の川口を振りさけて見る

彦山アララギ歌会

阿蘇の会過ぎゆき二十七年か其の幾人かに今日来りあふ

相共《あひとも》に此のはかなきにすがり来て我が如く老いし来《きた》ることなし

石の坂日に三度《みたび》往き帰れよと竹の杖切り我が前に置く

ああ楽し老の見世物のごとくにて若き君等の写真器の前

西の国のいくらか遅き夕の時うつろふ雲の色にいこはむ

腰たたぬ日々

骨の下にひそむ病を刺しとどむ長き針持ち君来たまへり
越《こし》の国に命終へし君を伝へ来ぬ我が腰ぬけてありし日の頃か
足立たず苦しみし夜々のなごりにてなほ抱《いだ》き寝る二つ湯湯婆《ゆたんぽ》

佐藤重賢君を思ふ

耶蘇《やそ》信者石田三治君日蓮《にちれん》信者君との論そばに聞き居り吾教へられき
思想いたくおくれし己を思ひ知りしその頃のこともおぼろになりつ
信強き君に学びし一つにて志操持ち生くること今に難しも

伊藤とく刀自埋骨

残されし四十五年に堪《た》へまして今ぞ安らふ一つ石の下

ありし日は我儘《わがまま》に後《のち》の乏しき夫《つま》その先生をかこつなかりき

続き来る集り来る不仕合の中に立つを見て居るのみの我等なりけり

人の世に石を滅ぼす時のゆき今日つかへまつる十一人

上村佐太郎翁挽歌

疋田村の一老《いちのおきな》と立ちましましめでたさ長き思出とせよ

すこやかに老いましし手に手甲《てつかふ》して取入れ給へば吾等食《くら》ひき

吾が妻や四人《よたり》の子等やこもごもにみちびかれにし佐紀の野を云ふ

那須の国

友十人我と我が妻をみちびきて夕かげとなる殺生石《せつしやうせき》の谷

交《まじは》りて二十年或は四十年我と二日《ふつか》あそぶ忙しき君等

わが好み君等に強ひて那須の国の若葉の中を昨日も今日も

三十年に四度《よたび》来りてこの寺の藤のさかりに会へる今日かも

生ける世のさびしくならば此所に来よ谷にたなびく藤浪の花

下野国岩船山

郭公《くわくこう》にまがふ木魂《こだま》は石切る音手力《たぢから》乏しく山をくづせり

たらちねは見もせぬ山に願《ぐわん》かけき育てられ我六十七

この寺の地蔵さま小泉の家伝薬からうじて育ちし我なりきとふ

手の届かぬ中に幼き命活《い》きあたまに肩にでき物のあと

山の上に岩に溜《た》めたる水ありて曇にひびく一つ蛙《かはづ》のこゑ

富に受くる幸《さいはひ》を知らずと顧れど富にそこなはれし一日《ひとひ》なかりき

消極に消極になるを貧の慣《なら》はしと卑《いや》しみながら命すぎむとす

陸前志津川

入江静かに暮るれば即ち宿り求む人にあふなき旅の楽しく
明治の代とどまりて我を待つ如し洋館まがひに三階作りて
見下して煙突なき町の夕まぐれホヤは人間以前の香りする
ホヤの殻《から》或は見むと橋わたる豊明《とよあか》る我が面《おもて》に向く人もなく
ほととぎす低きところにこだまして暁の川海につづけり

月々の雑歌

暖き夜々をよろこびぬり続くる油薬もいとふことなし
ただ痒《かゆ》いだけの我が足国の手の君二人こもごも取撫《とりな》で給ふ
ただ冬を過せばよいと怠るに歯ぐきのはれのなかなか引かず
昼すぎてすぐに夕べの菜《さい》を聞く食ひ楽しむといふにもあらず

藤なみの花　信濃への道に

年々に若葉にあそぶ日のありてその年々の藤なみの花
この道や幾往きかへり朝日さす山の上の雪ひたすらなりき

人を悪《にく》み人をしりぞけし来《こ》し方《かた》もおぼろになればまぬがるるらむ
スカンボの穂のなびきつつ暮れてゆく今日は草の葉に心とどめて
山原に臥《ふ》しつつ咲ける藤浪のあはあはしくもことはすぎなむ

三村安治先生墓前　信濃富士見町瀬沢

あさつきの長《た》けたる土も心がなし盛《も》りて平《たひら》にならむ年月
いつの日に手向《たむ》けそなへし樒《むろ》の穂か集めて香《かう》に火を移すべく
この人のありて六年《むとせ》の楽しかりき年を忘れて食ひてあそびて

故里をおもふ

農に堪へぬからだなりしを長らへて伝へ聞く農の友多く亡し

頬被《ほほかむ》りして夕暮の野良《のら》かへる我が姿思ふだけで心安まる

四つ目通りに地図ひろげ茅場町《かやばちやう》さがしたりき四月の十日五十年前

ふらふらと出でて来りし一生《ひとよ》にてふらふらと帰りたくなることあり

金石淳彦追悼歌会　於別府

つらなりて写れる二十四年前亡きをば数ふ生きて相見て

昭和十年会の写真の古りたれどまだそれ程に死にては居らず

生徒服着たるは金石ともう一人そのありし様も我は忘れぬ
亡きは亡く或は後の知らえぬに今日ぞ相見る生きたる六人
ほのぼのとダチュラの花の花かげに歎きは長し生けるよすがに

宮地数千木先生辻堂邸

雨こまかき昼すぎにスミレを花妻と率寝《ゐね》たる君を覚《おどろ》かしたり
うるはしみ枕去らさず花を置くスミレは人か人はスミレか
七十年ひたすらにスミレと共にある宝《たから》の人を中に我等立つ

フユアフヒ群落

焼玉《やきだま》はみなディーゼルに変りしと聞きつつ帰る夕べの船を待つ

テグスに代るナイロンも上等は惜しむといふ茜《あかね》さす夕凪《ゆふなぎ》の海に向ひて

教へられし魚の市場を見むとして思はざりきここにフユアフヒの群落

磯の道岩をけとばし魚はこぶ媼《おうな》の踏めるフユアフヒの苗

葵藿《きかく》の葵《あふひ》ははたしてフユアフヒなりや否《いな》や苗を収めて来む春に見む

葵藿の葵をヒマハリとする博士等がまだ絶えないのも仕方がない

樋口順子夫人七回忌

清き処女《をとめ》の見るにつつましき母となる一生《ひとよ》尊し短かりとも

たたかひの苦しき時の北国に夫《つま》に子どもにそひし幾冬

わがゆきし札幌の夏すずしくて立ち働ける妻にありにしを

疋田村翁媼両墓前

遠き代の言葉ひびくと我が聞きし翁媼《おきなおうな》のこゑいまはなし

佐紀の野にいろいろの菫《すみれ》の時すぎて野辺に捧げむ水下げてゆく

ともどもにかたくなに狭き交りに相見て長し三十五年

湯河原山本邸にて

竹の林少しはなれて竹一もと光りかがやく今年の竹の葉

いにしへの土肥《とひ》の河内《かふち》の夕かげに真白玉置く沙羅《さら》の木の花

芦屋打出若宮岡田邸

滅びたる詩形といふな相寄りて古き友新しき友と三日を過す

さま変る露ノ天神も見て通る心同じくつどふうれしみ

暮し向倹《つつま》しく本の幾万冊書庫の床《ゆか》よりオリーブの瓶《かめ》を引摺《ひきず》り出す

十月十七日可睡斎

メロン室道の上よりのぞきゆく記憶以前の記憶たどりて
この国に瓜作る古き整枝法我に伝はると人知るらむや
冬牡丹萌ゆる紅《くれなゐ》にそそぐ雨おぼろに遠き人を恋ひ来て
松の葉に時雨《しぐ》るる今日の清《きよ》し清《きよ》し庭はき伯父は七十年前

江東　七月三十日

本所茅場町《ほんじょかやばちやう》名はほろびたり炎天の広場はいくつかのバス発着す

茅《かや》の舎《や》の牛洗ふ水流れゆく蘆原にはなほ蓮の残りたりしを

舗装なりし土のいづくぞ槐《ゑんじゆ》うゑ寄せしいのちの遠きものとなる

かの年の暑きこの道従ひき草鞋《わらぢ》つけし四五人一人をのこす

老いさらぼひさまよふと言ふな生きてあれば生きて通へる魂《たましひ》の為

ものこほしく四つ目の橋を往き反る石にかはりし橋も古びぬ

船ゆかずなりたる水は竪川《たてかは》も横川もなべて浮く木の溜め場

この河岸《かし》に力つくしてあげし飼料或る時は藁《わら》或る時は甘藷澱粉糟《かんしよでんぷんかす》

朝市の車に並び馳《は》せたりき地下足袋の触感は今に力を与ふ

薄荷《はくか》瓶《びん》磨《す》る路地の家に牛乳五勺《ごしやく》くばりゆきしは人知らざらむ

五万分一地形図榛名山

九月十八日宵宮《よひみや》に我は生れしといふ産土神《うぶすながみ》を五万図のせず

道あり流れを渡る右の坂うへ森は夕日にかがやきたりき

みなもとを知ることもなく春々の蟹《かに》掘りし沢を図にさかのぼる

日に霧《き》らふすすきうつくしき峠なりきはじめての修学旅行小学四年

筒袖《つつそで》の袷《あはせ》に伯父の作りし草鞋《わらぢ》思ひ出はいくらか推測まじふ

駆け落ちの母若くしてかくれたる部落は小さく峠の下にあり

五万分一図右下の四半分わが恋かかる道に流れに

青き上に榛名《はるな》をとはのまぼろしに出でて帰らぬ我のみにあらじ

ポプラのある学校

用のなき我は入りゆく中学校昔のポプラがあるかと思ひて

階段より理科実験を見おろして歌作りきその教室なし

進学も就職も切実の時代ならずポプラの蔭に寝ころびき五年《いつとせ》

郡山開成山　三十五年十月一日

潔よく東京去りし久米正雄も七日留らざりし心も思ふ
だだ広き明治の建物久米母子《おやこ》の部屋は硝子戸《がらすど》に板を打つ
腕白に遊び育ちし久米よりも育てし母君を思ふ涙ぞ
父の葬《はふ》りに袴《はかま》着し正雄語りたる上田の嫗《おうな》も去年みまかる

下野国高田専修寺

木綿《もめん》織らずなりし真岡の町出でて田圃道《たんぼみち》には箕直《みなほ》しが歩いてゐる
ただ一つ残る古へは草葺《くさふ》く門つつましやかに此所《ここ》に興りし

あたたかに今日は彼岸の入りの日に人なきみ堂めぐり拝《をろ》がむ

春の日に羽根光る菩提樹《ぼだいじゅ》の去年の実石を置き菩提樹を大切にせり

新しきものの起りに心寄る若き日ありて長く思ひき

母の日に

生みし母もはぐくみし伯母も賢からず我が一生《ひとよ》恋ふる愚かな二人

母に打たるる幼き我を抱へ逃げし祖母も賢きにはあらざりき

乳《ちち》足らぬ母に生れて祖母の作る糊《のり》に育ちき乏しおろかし

続青南集

熊野那智

四度来て滝のしぶきに濡《ぬ》れて立つ共に見て亡き在るも伴はず
この寺の花の散りがたも見たりけりこまやかに百年《ももとせ》をこめし枝々
見おろしにひびく滝水練絹《ねりぎぬ》をかけてかがやく那智の補陀落《ふだらく》

大雲取舟見峠

大雲取の道を我等が為に見てかへる処女《をとめ》は花原の中
草の中に石を求めて道を知る三人《みたり》踏みし日の記憶おぼろに

何を願ひ雲取越ゆと企てしすぎて思へばただただ空し
大雲取越えて苦しみを残す二人定家《ていか》四十茂吉《もきち》四十四
職はなれし我と災《わざはひ》の後の君心あひて古き道を越えにき
生きてゐる君と我共に行かしきを北蝦夷《きたえぞ》遠し武藤善友
草の下に或はかくるる石の道千年《ちとせ》の苔《こけ》のおろそかならず
幾世の人幾世かさねし足跡《あと》の上に我が一日《いちにち》の足跡の消ゆべし

小口村

杉浦勝まだ少年にてありければ相知《あひし》らずその隣に宿りき
十津川を下り来て川湯に君を見き二十五年になりやしぬらむ

淡々《あはあは》とひさしく歌につながりて熊野の峡《かひ》に君とまた会ふ

蘭《らん》が欲しい面《つら》をしてゐれば天降《あも》るごと君が持ちて来る寒蘭一株

本宮　発心門

あらしあり三越《みこし》峠の道絶ゆときき発心門《ほしんぼ》より引きかへす

伏拝《ふしをがみ》の村は桑茂り稲みのる公民館も新しくして

高き丘も開きて人のいそしめば御幸《ごかう》の綿《わた》に寄りし世は遠し

三輪崎　新宮

宇久井《うぐゐ》よりの眺《なが》めたのみ来し三輪崎《みわがさき》の家居も見えず雨ふりしきる

祓川《はらひがは》を落つる引き潮の瀬を立てて白き落差の一二尺ほど

この小川をわたりと強《し》ふる博士《はかせ》たちに加勢して今日は雨が降ってる
神の馬面《つら》ながく時雨《しぐ》るる夕べ哉《かな》熊野五日《いつか》に別れむとする

原町弔問　附川戸村

翁《おきな》一人亡きをかなしみ訪ひ来ればなほ健やかに集る翁たち
八十を過ぎて再婚の幸福を伝へ聞くともすでになきかも
この谷に饑ゑ死なざりし我等には皆かかはりある老等若き等
亡きをいたみ在るをよろこぶにもあらず集りて語る語るは楽し
つれあひに先立たれ世をはかなむと汗をふく翁七十七

ゆきゆきてかつて夫役《ぶやく》の細き道穂に立つ稗《ひえ》もなつかしみする

浅草懐旧　童馬山房主人十年忌の為に

年暮れむとして静かなる浅草の町のひるまへ柳のなびき
ただひとたび君に従ひし寺の在りか記憶は右と左とたがふ
ゆたゆたとうるほひ満てる石の文字昭和五年の君が心に
彫《ゑ》らしめし石の前に立ち自《みづか》らもここに入るべく言ひにしものを
現《うつ》し世《よ》に見ざりし清童女石文《いしぶみ》の始めに深く書き残したり
相見《あひみ》ざる幼児こひて幾度か歎きし人のこころをぞ思ふ

身のまはりのことは語らぬ君にして何にかかはりし幼《をさな》み霊《たま》のうへ
寺を出でて冬の日しづかに歩みゆく妬《ねた》みも無けむ生きてゐることは

伊藤つゆ刀自をかなしむ　石原純令妹

暇《いとま》ある夫人の歌と思へるにつひのいのちを歌ひ給へり
土の上のならひ給はぬあけくれに木をも草をも清く歌ひき
語らへば語らふ誰も和《なご》みにきもの静かさは兄君に似て

槐の下蔭

我が病める百日《ひやくにち》に亡き幾人《いくたり》ぞその大方は我よりわかし
足腰のいたみに梅雨《つゆ》の近づけり夕べ閉ぢたるゐんじゆの下蔭
父母と聖書のあひだに命断つ最もわかく最も悲し

左千夫先生五十回忌

五十回忌集る百五十人その人を知るは四人となりたるかなや
感動をこえし変化を見下して称《とな》へみる茅場町《かやばちやう》三丁目十八番地
騒音にも五十余年の進化ありや汽車工場は今楽天地

浅井逸平歌集に

幾年ぶりか歌を作りて妻君《つまぎみ》をいとしめば我さへたのみしものを
刈谷市《かりやし》に君が営む花の店見る日なく君と世をへだてたる

青山南町百首の中

青山に三十五年住みつきて面《おも》知るは今十人足らず
住み変る家は五《いつ》たび数ふれど戦火一夜《ひとよ》に残るものなし
人々の心あつまりし家成れば此処《ここ》に終らむと移り来りき

フレーム一つ附け下されし友等あり十年の心やすむこの箱の中

手のくぼの庭を宝と網に刺し土屋先生菜を蒔《ま》きて食ふ

儒者学者来り食はずも冬葵《ふゆあふひ》いくらかのこす糸瓜《へちま》枯れし下

住みし誰々往き来し誰々就中《なかにつき》古泉千樫《こいづみちかし》この町に死す

我《わ》が儘《まま》はそれぞれにして森田草平斎藤茂吉亡きをいかにせむ

阿《おも》ねると見るらむまでに従ひき生きてるうちから天《てん》飛ぶたましひ

行きつまる歌かとまどひまどひつつ心うつろなりき並槻《なみつき》の蔭

つひに人間のあるべきことを信ずれば槻の若葉の下蔭の道

青山会館まだ徳富邸にてありしかば稀《まれ》に行きし妻の思出とする

今日来るは久しかりけり清々《すがすが》と掃かれし小此木信六郎先生墓

邦夫君墓の目じるしに立つ朴《ほほ》の白きすがれも静かなるもの

すぎゆきは皆清らにてしよんぼりと薄日の中の川上小夜子碑

土掘りて首を入れ火を防げよと誰言ひしショベル放つなかりき

共々に声に家族をつなぎつつ潮《うしほ》の如くのがれ集りき

一瞬に亡ぶる水爆をかぶる夜の来るといふのか来ないといふのか

アララギのなき青山に屍《しかばね》のごとくにありと人見るらむか

はじめより迷ひ迷ひて歌をよむ迷ひのはての青山南町

備前犬島

牛窓《うしまど》に朝開きして大伯《おほく》の海乗りつぐ船を犬島《いぬじま》に待つ

下りし船あづき島に向かひ高々と輝く船はあづき島より

はまひるがほ冬の茂りに向ふ島医師《くすし》の友をたのみつつ踏む

格堂碑包む林の冬の樹のかそかなる何花忘れがたしも

移り変る世に安らかに住みつげる友を見て去る古き小串村《こぐしむら》

豊中の家

東京より寒き今年の大阪に田にしを買へり目につく即《すなは》ち

遠く来て寒きにこもる豊中に冬葱《ふゆねぎ》青くあぶらげ香《かう》ばし

この大きつぶは播磨《はりま》より来《く》るといふつぶを食ひ三夜二日《みよふたひ》寝にけり

富の小川

石の橋幾度わたる富《とみ》の小川《をがは》川に附きたる道白くして

鶴の子は愛《は》しき柿の実くれなゐに富の川辺の草むらの中

ブリキ屋の仕事終へ来し酔の香も筒城《つつき》をさして下りてゆきたり

この水の斑鳩《いかるが》に到るいく時ぞ今日は水上《みなかみ》に日の暮れにけり

朝ぎりにうかぶ塔一つまた一つ戒も破戒もかかはりのなく

富の小川佐保川に合ふところみゆ二川《ふたかは》静かに霧の中に合ふ

佐紀疋田村

わが通ふ疋田の道の幾かはり草のもみぢの今日も見るべく
切り通し低めし道の元のあとこほしみ登る春日山はまとも
この村の泥鰌《どぢやう》を食ふに年かさね今朝も食ふなりその味噌汁を

竜在峠

鏡王女み墓は荒るるならねども芽生《ちふ》のもみぢに歎くしばし間

木出しする若き嫁《よめ》さんの知りしより早く雲井茶屋《くもゐぢやや》は滅びしといふ
細《ほそ》より尾根を横行き冬野《ふゆの》の道教へし娘を上村老人覚えてゐる
この山を耳我《みみが》とはいまだ知らぬ前にて春の雪飛ぶ日に越えたりき
竜在《りゆうざい》に牛のわらぢを中にして山人と語る三十年のすぎゆき
滝畑《たきはた》より千俣《ちまた》の道をいふ人なし二十年前には我が越えにしを

比曾壺坂

比曾寺《ひそでら》より歩みて越えし年よりも更に豊かに村構へたり
増《まし》の村は谷を並べて栄ゆれば再び思ふ吉野北岸説

高取よりそらみつ大和はもやの海影よりあはし畝火耳無《うねびみみなし》

大和恋

立ちかへり立ちかへりつつ恋ふれども見はてぬ大和大和しこほし

古へを時に貴み時に貶《おと》しこの国山川にかかづらひ来し

山も川もうつるといへど言葉あり千年《ちとせ》を結ぶ言葉をぞ思ふ

この国をしのび寄り来て共に歩み過ぎにし人らよ老いし我等よ

上村君老いていよいよ頑固なれど君ありて我が見得し大和ぞ

相州土屋と云ふ所

金槐集《きんくわいしふ》よみて知りしより五十五年残る土屋村見むと来りぬ

九十すぎ足たたぬ日は詮《せん》なからむ七十三の今日来り見る

朽ち法師あはれみし実朝《さねとも》同じ山べに首捨てらるるまで幾年か経し

老あはれ若きもあはれあはれあはれ言葉のみこそ残りたりけれ

土屋村に土屋なのる者なしといふ幾さらすひの末の我等ぞ

安田良子夫人に

着るものは友の形見の善きを着て写るもうれし老の斑《まだら》も

布野のはざま入りそめて三十年山たづのあなたづたづし命生きつつ

上総安房

丘の間にこもれる池も亡き人にかけて恋ひ来つ家鴨《あひる》浮べり

なほ沖に鴨ありといへど老の目か水の光りかさだかならずも

かにかくに此の小さなる国かたちに一生《ひとよ》よりましし心をぞ思ふ

仄《ほの》かなる三日月立ちて夕紅《ゆふくれなゐ》九十九里の方をまたかへりみる

昨日見て今日また来たる九十九里折り畳む波かはることなく

昨日ゆきし上総の池を夢に見て安房《あは》の海べに目を覚ましをり

筑土八幡下

何に心残る筑土《つくど》八幡下《はちまんした》あとを見む今日は友二人あり
食を欠く日よりは少し立ちなほりこの杜陰《もりかげ》にありしいく月
五十年すぎし春の日思へよと冬芽をたもつ枸杞《くこ》の四五株

みちのく　置賜村山

この木いまだ低かりし日に君と見き君みづからのしづまりどころ
木のしるし朽ちしは隆一和尚ならむ亡き世にも従ふ如くにもみゆ

わが知らぬ窿応和尚中にして心つながる三代《みよ》のみしるし

角館田沢湖

山形よりいづくにて秋田に入りにしや稲のみのりは分ちなく見ゆ

韮《にら》の畝《あぜ》実をつけし見るしばしばにて角館《かくのだて》に降り立ちにけり

代々《よよ》のみ墓かく保たれて故郷《ふるさと》を思ひ給ひし心もしるし

石に彫《ゑ》りしみ姿秋の日の中に草には低き風露草《ふうろさう》の花

過ぎし人々いかにか山の湖《うみ》に上り来し別《べつ》して明治四十二年左千夫先生

杉の老木君の描きし形に見ゆ長かりしかな此の湖《うみ》を我の思ひて

能登奈良越中　仁岸川

羽咋《はくひ》より気多《けた》に歩みしかつての日道々神々の名も忘れたり
比咩《ひめ》神に比古《ひこ》神副《たぐ》ふ国のならひ小さき石の神も見つつ行きにき
剣地《つるぎぢ》を今日の目あては仁岸《にぎし》川何時の年より恋ひつつぞ来し
下り立ちて川見る時に嫗《おうな》来て橋の上よりごみを投げこむ
今捨てし芥《あくた》流るる見て立てり浮き沈む形も占《うら》とはならず
知事筆を揮《ふる》ひて家持《やかもち》の歌碑立てり泥を飛ばしてトラック往反す

珠洲郡

大根の葉を青々となびかせて市に出づる車見ての朝だち

木の葉より小さき田を斜面に重ね並べ耕すあはれいつの代《よ》よりぞ

僅《わづ》かなる田を人多く耕せば田を持つ者は家構へせり

稲を収めしあとにかけたる豆の茎《くき》米あり豆ありといふばかりのこと

時々の政治我知らず今は人は出挙《すいこ》に頼らず出稼《でかせ》ぎに依る

憶良より二十年家持の巡行は出挙し検地し敦喩《とんゆ》せざりき

伊夜比咩神社

時雨《しぐれ》来《こ》む七尾《ななを》の海に能登島に乗らむ船待つ牛乳を飲みて

草鞋《わらぢ》はきかへ行きたる道は広くなりバスの来りて島人運ぶ

伊夜比咩《いやひめ》の神の宮居を新しく寄進せる者あり老松も昔を語らず

祝《はふり》老いてなほありと聞けど既に日は夕ぐれてひそかなるその家の見ゆ

ここに伊夜比咩ありて越中伊夜彦《いやひこ》の神の近きをただ信ずべし

暗谷《くらだに》に草に埋れてい坐《ま》すなら名告《なの》りをあげよ越中伊夜彦の神

奈良

ま処女《をとめ》の唇《くち》に千年《ちとせ》の紅《くれなゐ》のにほふもかなし能登をめぐり来て

僧平栄遠く墾田《こんでん》を求めしに何のかかはり伎楽《ぎがく》の面々《めんめん》

ちりばめて今に光れる貝黄金越《かひくがねこし》の頴《えい》遠く到りしや否《いな》や
北国を越え来て今日の大和の天《てん》光りかがやく冬の空気よし
老いてみなまだ死なぬ気に来む年の種子《たね》分ちあふ紫草紅花《むらさきべにばな》

熊野のさくら

待ち待ちて幾年《いくとせ》のことま熊野の中辺路《なかへち》の桜咲くも咲かぬも
近露《ちかつゆ》は其のときどきの心引く花の盛りのしだれ桜けふは
十津川の山ざくら木々のおそ早もなつかしくして溯《さかのぼ》りゆく

三日月湖

朝に食ひ夕べに食ひてキャベツ一つ食ひ終るまで山に留《とどま》りぬ

蒔《ま》いても蒔いても青菜を食ひ尽す者眉間《みけん》白き兎に今日対面す

夕顔に三河《みかは》の味噌をたのみとしかわける石を踏みめぐり来し

我が道の前に降りたる何鳥かなな色にほふつばさをさめて

戸ざしたる颱風《たいふう》の夜に始まりてこんにやくの刺身幾度も食ふ

西南雑詠

交《まじは》りの狭きにあり経《へ》おのおののあはれはあはれただにあはれに

記憶あるといへばある如くなき如く夕日となりし丸尾に下り立つ

此の国より我に送りたびし素馨《そけい》二種その親木にもあふかと思ひて

笠沙《かささ》の野間《のま》の峰高し神の子も海の迷子も迎へむと立つ

伊作《いざく》の温泉《いでゆ》あした鏡のごとく澄む再びといはむ我にあらぬに

坂一つ越ゆるに幾人《いくたり》の人思ふ我みづからのこのよはひの故

直入《なほり》より大野に春は深くして徳田川いづち問はむ人なく

柴やまに川のいはほにうら若葉大野郡《おほのごほり》のふぢなみの花

しのびつつ橋を見て居り臼川先生面影の老等幾人も来る

沙羅の花

沙羅《さら》の花昨日の花は早く過ぎしばし威厳を保つ今朝の花
落ちかはる朝々の花花なれば落ちてあはれと思ふにもあらず
先生の齢《よはひ》を二十五年過ぎややや御こころに近づく思ひ

冬雑歌

土が好きなら土に遊べと付けくれし十歩《じふぶ》を保つ十何年か
楠《くす》の下に植ゑし芋《いも》の芽蔓《つる》のびて目に立つばかりむかごなりたり
古きもの忘れ捨てらるる早きなに花文学人はいのち長し

魚には腸《わた》を捨てず人には能を択《えら》ばずと言《こと》あげしものを

稀《まれ》に来て呼ぶ尾《を》長《なが》と思ひながら今朝は右足が我を立たさず

越《こし》の国鯖石《さばいし》の百合根送り来《き》ぬ鯖石にかかはるも年長くして

病子規の灯炉《とうろ》と記し置きし文《ふみ》石油ストーブと人調べたり

石油たかく臭《くさ》き灯炉に病み伏すを老にくらべて如何に思はむ

病なく灯炉に臭き患《わづら》ひなくうつらうつらに椅子《いす》にまどろむ

美濃懐旧懐古

村の家わづかに保つ間にて立つ石清し草平文学碑

すがすがと青き柔き秋の芝ありたる君に触るる如しも

君のとりし柿の木残ると聞きたれど柿の木はそこここに幾本《いくほん》もある

文学の人を見しこと多からずその一人として君を仰ぎき

憎まれてありし間も悪い気のおこることなき君なりしものを

恋ひ恋ひて来りし跡にあふ人もなくて去りゆく清《きよ》し安けし

円《まど》かに茂る鷺山《さぎやま》削られて西日あかあかさす時に来つ

此の村の柿を幾度我等食ひしまだ青き柿の群がる中をゆく

九月二十七日初めより静かなる鵜飼《うかひ》の火さびしき終り目《ま》のあたりみつ

伝へ来て玉の泉の清ければ楽しくゆき交《か》ふ今年子のうぐひ

遠き代より今に人捨てぬ泉ゆたかに少し沈める飯粒《いひぼ》も親し

居《ゐ》寤清水《さめのしみづ》不破の郡《こほり》に尋ねむといひし宣長《のりなが》を我はうべなふ

南宮《なんぐう》の山を南にくる清水まこと岳北《たけきた》の泳《くくり》の宮ぞ

淡海《あはうみ》の息長《おきなが》人さはに満ちたれば山越えて妻を求む三野の高北《たけきた》

綾野《あやの》あり綾戸《あやど》残りて漢人《あやびと》等来りて住みし曳常《ひきつね》思はす

続西南雑詠　宇佐中津

屋敷頼雄のことも遥かに歌絶ゆれば交《まじは》り絶ゆる例《ためし》の一つ

安部迪雄我に校歌を作らせき時代は捨てつ我も忘れたり

国東所々

国東《くにさき》に家あり行きて住めと言ひし上村君も国東は見ず

姫島《ひめしま》は影強くこごしほのかなる霞の中に周防祝島《すはういはひじま》

姫島を見つつ渡らず島の遊びに一生《ひとよ》定めし二人をぞ思ふ

国東より遠く来りて弟に妻となりにき幸《さいはひ》もなく

尋ね来し家は世代の変はれども語るに親し四十年のこと

ちさの木は颱風に再び萌えて茂る下に並びて写真うつせり

細島都井の岬

麦からを焼く火の赤き道なりき進まぬ馬を打ちやまぬ御者《ぎよしや》に

立ち出づる古き旅宿《たびやどり》 長き長き思を遂げし如くになりて

日向《ひうが》の寒蘭も見て行きたいが花より先に人間がゐる

花も見ず人間も見ず都井《とゐ》の岬《みさき》の跡位浪《とゐなみ》見むに心いそぐなり

跡位浪《とゐなみ》と都井《とゐ》の岬を心に持ち三年《みとせ》になりなむ今日ぞ見にける

今年の実いまだみのらず来年の花芽をあげし蘇鉄《そてつ》の林

灯台に踊るセーター赤き少女たち老人我等をうつしてくれぬ

唐津呼子

包石《つつみいし》にかさね来て立つ鎮懐石《ちんくわいせき》の位置といふ説に我も同《どう》じて
鎮懐石若《も》しや陰陽石にあらじかと思へど民族学といふもの知らず
舗装道路国の界《さかひ》もなく走るここに古《いにし》へを考ふべしや
横たはる壱岐は平らかにもやの中の値嘉《ちか》の島々はただほのかなり
憶良らの往き来の海を恋ほしめど三井楽《みゐらく》までも行くをためらふ
海の彼方《かなた》の才《ざい》もてあそぶ真備《まきび》憎みこの海に滅ぶあはれ広嗣《ひろつぐ》
この海を帰りて栄えし幾人より沈みし円載を思ひ出づるなり
西の国のいくらか遅き暁と思ひ目ざめて聞こゆる焼玉《やきだま》
食らふもののあき足る港の朝の市半《なか》ばは菊の花売る媼《おうな》

長崎島原

長崎の二時間をかゆきかくゆきし地下のチャンポン食ひて去るなり

原爆をまぬがれし与茂平《よもへい》亡きことも赤電話して知る関係なき菓子店に

松尾通事《つうじ》の屋敷のあともこのあたりか長造君もチヨさんも亡し

森路《もりぢ》匆平《そうへい》安き宿知りて宿らせき温泉《うんせん》に安さうな宿も見えず

島原にくだりて宿るいくらかは本山英一思ひ出のため

紀伊三輪崎町

大きしひら沙《すな》に幾つか横たはり麦のむしろ踏み行きき佐野より三輪が崎

来り見しことを数ふれば七度《ななたび》か熊野の海の佐野三輪が崎

大かたは上村君にみちびかれ今日は見る君を中にして六人

松ありし沙浜の道人いへどはらひ川の名は忘れられたり

百の人等いかに説くとも此のわが眼は肯《うべな》ふなし契沖《けいちゆう》三輪が崎説

続々青南集

伯耆国庁裏社

我が耳は伯耆処女《はうきをとめ》と聞きたるを宝木《ほうき》の駅に降《お》りてゆきたり

国の名も人に通《かよ》はぬ跡《あと》を見む清き流《ながれ》を渡りてゆけり

尋ね入る国分寺《こくぶんじ》は昔の処ならず地図示す和上《わじやう》の微醺《びくん》もよろし

国府国分寺部落並びて幼子《をさなご》の多く遊べりゆたかさを今に

入りて問ふ右も左も牛小屋にてにれがむ牛の我を見あぐる

問ふに答ふる人なき軒《のき》の茜木綿《あかねもめん》乳牛のためか処女子《をとめご》のものか

立ちあがるおほどかにして肥えし牛かかる善き牛に触れしなかりき

牛と共にありし我が三月かへりみる牛にも長くかかはりなきを

牛飼えば飼葉《かひば》みだれて牛くさし家々は貧《ひん》とも窮《きゅう》とも見えず

たづねわびし時雨《しぐれ》のひまの埴道《はにみち》を媼《おうな》は古き跡にみちびく

わが媼《おうな》早くも着たる布肩衣紕《ぬのかたぎぬまよひ》もしるく草わけてゆく

厚着して人等働く冬早くその冬長き国の思ほゆ

時々に立てし標《しるし》も古くなり尋ねあてたる国分寺あと

国庁の裏《うら》の社の残るといふ森しげくして笹《ささ》を踏みゆく

ここに残る古《いにし》へは何時の古へかこま犬いくつかを写真にうつす

包みたる囮《をとり》ともちのはご提《さ》げて来りし少年神の名は知らず

時雨《しぐれ》早きこの丘のいづちに足の痛み知り始めしや六十に近づく憶良《おくら》

民掠《かす》むることを為得《なしえ》ざる守《かみ》憶良みぞれ降る夜の病む足思ほゆ

人に読めぬ遊仙《いうせん》の文字も老《おい》早き一人の守を慰むべしや

神経痛《しんけいつう》雪の降る夜に相歓ぶをみなの友のある筈《はず》もなし

糟湯酒《かすゆざけ》わづかに体あたためてまだ六十にならぬ憶良か

荒き海渡り帰りて得し位幸《さち》とも枷《かせ》とも守としてをる

時雨する伯耆《はうき》の国に一夜寝るその大山《だいせん》に雪ふるといふ

歌一つ残ることなく此の国に四年の憶良さまざまに思ふ

こひしたひ古への跡もとほりて言葉のなきは生なきに似る

我が足は今日は痛まず世の幸に伯耆《はうき》の国に出づる湯を浴《あ》む

伯耆国分寺跡の野菊の花むしろ幻にして眠る夜々

憶良《おくら》伯耆に守《かみ》たりし四年万葉集空白に等しきかへりみて知る

人の葬に

古き友の喪《も》に来あふ人多き中《なか》我が知る一人見ることもなし

髪しろき一人は我をかへり見る我も見るつひに知るなし

交《まじは》りは老故《おいゆゑ》うとし帯勲《たいくん》の友にも亡《な》き後に写真にて会ふ

しばし立ちて次々の弔《とむら》ひ人を見るもしや一人の知れるありやと

冬の森の中に古《ふ》りたる一木《ひとき》ありそのかやの木に来りたたずむ

松本にて

君はよよむ我は耳遠しおのづから声高くして亡き友等のうへ

眉氷《まゆこほ》るあしたの道をともにせし処女等《をとめら》のかがやく頬《ほほ》を忘れず

野を越えてよろこぶ少女等《をとめら》の長き列その春秋の幾度なりし

奈良井川大河の源のゆたけさをしみじみと見つ四十五年経《へ》て

三河の海

すたれたる焜爐《こんろ》作らず鶏《にはとり》を飼ふその種卵場も見ることなけむ

友さまざま鶏を飼ひ或《あるい》はパンを売る三河《みかは》の魚食ひに来り交はる

戦争にて食ふ物なき時の宿の世話父子二代の交りとなる

兵として病みて肺取りて働きてつひに亡し歌をのこせり

兵に出でて病みつける君等に交はりぬ幾人か癒《い》え幾人か亡し

葡萄《ぶだう》桃《もも》巧みなりける友等なれど農のあり方も見るに変りぬ

寒さにか乾きにかいたみしキャベツ畑かへり見られず蜜柑《みかん》の苗を植う

麦広幅《ひろはば》耕作法のわづかのこりその広畝《ひろうね》に土入るるところ

広幅の麦にも戦争の科《とが》ありや人はアメリカの麦をよろこぶ

ジャガ薯《いも》の皮のむき方にも心しきかくて痩《や》せ痩せて戦すぎぬ

ただ魚を食ふため山より出でて来て幾度なるぞ幡豆《はづ》の海の宿

宿りせし家は閉ざして開くなしうからを追ひ老女一人住むといふ

夫戦死の後の姑《しうとめ》との折合ひを訴へしも世の常のことと聞きしを

今日のぞきみる魚の店ゆたかならず小さきふぐ芥《あくた》の如きえび

堆《うづたか》く水揚げするを見し介《かひ》の今は少しもとれないといふ

我が知らぬ魚の名は次々聞きながしただ貪《むさぼ》りて食ひたるものを

安礼《あれ》の崎《さき》いづこに見むと志し行き得ざりし切岸《きりぎし》赤い水《みづ》温泉場

みちびきし三河人も道を知らざりき今日は見る懸崖楼閣群《けんがいろうかくぐん》

我飢ゑて行きめぐりしより二十年人間智恵あり歓楽極りなし

四極山笠縫《しはつやまかさぬひ》の島を心に持ち来りて人参《にんじん》買ひ帰りたりき

東京にすでに乏しき人参甘藍《かんらん》袋に負ふに腰立たざりき

戦中戦後なほ尽きぬ食物あるゆゑに我が寄りて来しこの幡豆《はづ》の海

幡豆の崎幡頭《はづ》の社をとめ行ききうづら飼ふ媪《おうな》も戦に苦しみき

終《つひ》に負ける戦争なりと思はねば泥道も行きき日本あらはすと

古き中に日本を見むとするこころ指くぐり落つる水中の沙《すな》

四極山《しはつやま》河内《かはち》とも三河とも伝ふるに三河の地名多く河内あたりに似る

軍需産業に君いきほひて宝飯《ほひ》の海のよき宿にうまきものを食はせき

戦後なほ栄えし君も終り乏しく終へたる命この海に思ふ

海こえし我を助けし人々の戦後多くはさいはひならず

亡きは哀《かな》し在るは苦しむを伝へ聞く聞くのみにして力なし我に

吉良《きら》の君も伊良湖《いらご》の翁も物乏しき時の思出《おもひで》よ今は亡きかも

一日暖かに一日の命養《やしな》はむ海はめづらし海に息づく

海の上のあたたかき風深く吸へよ寒さにちぢむ我がからだのため

湛《たた》へたる潮干《しほひ》潮満《しほみ》つおもむろの時の移りよ我はいこはむ

青々と藻《も》の伏す磯に来る潮《しほ》は老いの歩みよりなほ静かなり

布野また湯抱

新しく造りなす道布野《ふの》に入る谷には変るなき片栗《かたくり》の家も見ゆ
あべまきの潤《うるほ》ふ時雨《しぐれ》の晴間にてあべまきに寄る歌碑《かひ》ある岡に
あべまきの用ある時もあるべしとあべまき植ゑ給ひし心思ほゆ
末遠き世を知り給ひ女亀山《めんかめやま》に植ゑむ企ても談《かた》り給ひしを
多幸太《たかうだ》の峯も時雨の雲の下記憶ある如くまた無きごとく
伊予の旅に見給ひしといふていれぎを前の流より採り来て給ふ

いそがしく作り給へる魚に添ふていれぎ清し布野の泉の
鞆《とも》の海《うみ》の船の上にて執《と》り給ひし庖丁《はうちやう》も思へば四十年前のこと
亡きは遠しといふこと勿《なか》れ君が叔父君《をぢぎみ》健《すこやか》に九十越え給ふ見る
女亀山に立つ木のさまも道々に見つつこひ行く赤名のたむけ
四度越ゆる赤名はすでに坂ならず国の界《さかひ》は墜道《ずいだう》の中
悲しみの後三人越えき憂ひごころ人麿《ひとまろ》に寄する君を中にし
さだかならぬ屋上《やがみ》の山を見さけつつただ従ひき石見《いはみ》の海の道
赤名越え北側より女亀の山を見る橅《ぶな》のつらなる尾根近々と
女亀山《めんかめやま》さして谷の道深く見ゆ君が山の杣木《そまぎ》めぐりて出づといふ

国を境ひ立つ木にも三十年の歴史あり時雨の雲の来り纏《まつ》はる

並ぶ峯々ははその紅葉まだらにて中に親しき津目山《つのめやま》あり

喜びの日の後にして声もからだも喜び見しめき石川鴨山《いしかはかもやま》

この岡の春草の花にのぼりにき草紅葉ぬらす今日の時雨ぞ

かの春の棚田《たなだ》もいたく狭く見ゆ秋すぎ草を踏むあとも無く

いきほひて田を越ゆる君に附きたりきまだ鴨山の津目山見に

浮き浮きと声はずませて我が妻の手をさへとりて導きましき

若葉する津目山《つのめやま》見る君が目は直目に見けむ依羅娘子《よさみのをとめ》

時雨《しぐれ》吹く中になびかふ竹群《たかむら》に問はむもむなしすぎし折々

江《がう》ノ川《かは》石川の川原時雨ふり堰堤白く落ちつぐものを

鴨山はいづちに移り変るとも何につれなき薄《うす》きもみぢ葉

石川の若葉に君の留まれば山いづる霧も依羅娘子《よさみのをとめ》

ひそかなる喜びごころ湯抱《ゆかかへ》に若葉の中の君いま思ふなり

石深く終《つひ》の命《いのち》の筆の跡彫《ゑ》りたる上を時雨ながらふ

目の前の谷の紅葉のおそ早もさびしかりけり命それぞれ

石文《いしぶみ》より鴨山にうゑし苗に向ふ立ち去りかねし今日の六人

青山谷通り

此の古き路地の思ひに行きかへる月にひと度《たび》しろ髪のために
おくにさんに続きて一つ記憶さへ人のあらはさぬ早く忘れむ
一かたまり戦災に残る家のありそれより長き我が記憶にて
のろのろと歩むに親しき今日の花よ年の逢《あ》ひとも言ふべかりけり
同じ茂りふたたびは見ぬ木蔭《こかげ》ゆく命のみこそただに長しも

志賀山寺址

山中越え新《あらた》に道を造りつつ住みつぐ人の養鶏場見ゆ
三十年すぎて今日見る志賀寺址《しがでらあと》檜山《ひやま》茂りてかくすに似たり

この前は千年の宝舎利《しやり》秘めし礎《いしずゑ》の石も踏みもとほりき
青き風に我をみちびきし万木《ゆるぎ》北村万木は戦死北村老いぬ
滅びし跡忘れられたる清らにて老いし幼きただ五六人
竹の葉の散りて埋めたる志賀越えの僅《わづ》かに残り人一人来る
古きもの留《とど》めぬ滋賀《しが》の里《さと》ゆたかに家々多く菊の大輪
道芝の実のつきまとふ跡どころ秋かすむ水海に何をかなしむ
此の神の宮の成らむを仰ぎ待ちき成りて年なく 戦《たたかひ》 敗る
百済《くだら》にて破れにし日の国の軍をさめし天皇を思ひ思ひき

山あゐ

宮人に我はあらぬにふりはへて山藍《やまあゐ》見むと岩清水《いはしみづ》に来つ
用のなき世に道せばむる山藍の冬のしげりは刈り除かれぬ
をと年は知らず登りし石の段両側せばめ山藍しげる
山藍の冬の花咲く時に来てなほ分ちがたし山藍の雌雄《しゆう》
手にあるは雄蕊《をしべ》群がり咲く一株椎《しひ》の林に我かがみつつ
笠置《かさぎ》より久邇《くに》の川辺《かはべ》の竹群《たかむら》にあひて久しくなりぬ山藍
見おろしの山の下には集る川並ぶ道の上とどまるものなし
南より北より押しよせ来るもの戦ならぬはげしさをもちて

勝竜寺字《あざ》の名に残り勝者敗者ほろぶる早し今見る煙霧《えんむ》

若く清くして離たれしガラシャを思ふ丹波《たんば》の方の山も見ゆ

森田草平先生伊那谷疎開跡二所

老い朽ちし桜はしだれ匂《にほ》はむも此の淋《さび》しさは永久《とは》のさびしさ

ひひらぎの円き末葉も心にしむこの古庵《ふるいほ》に君が幾年

病むみ子の為くちなはの生血とると打ちし母君の心をぞ思ふ

生れしより習ひ給はぬ山の間に夫《つま》にみ子に従ふ心たけくして

人居らぬ庵《いほ》は兎も犬もさびし犬の子は我等の足にまつはる

過ぎにし人語りつつ草に心寄せ友のあつめしわらびはほけぬ

移り給ひし庵《いほり》には日も経緯《たてよこ》に家近く酒ありきと聞きて喜ぶ

神のみ坂恵那も夕ゐる雲遠しただ亡き人を恋ほしみて来つ

恵那の山見ゆるところに墓置けと文《ぶん》に遊びし終りの言葉

伊豆大瀬崎

左手の痛む寒きに出でて来ぬ長き思《おもひ》のむろの木を見む

静浦より西浦に櫓舟《ろぶね》に乗りたりき初めての海六十年前

発火演習中《なか》の一日の暇あり海を渡りて遊びし四五人

皆すこやかに学業すぐれし彼等なりき今思ふその大方は亡し
駿河《するが》の方《かた》見るものもなき靄《もや》の中潮瀬《しほせ》にのりて過ぐる白き船
浜ごうの素枯《すが》れの中にたくましき浜うどの冬の茂り立ちたり
恋ひしたひ来し今目の前のむろの大木言葉も及ばぬ大きむろの木
一つ老木に驚きゆけば次々に更に老い更に大きなる木々
幹白く枯れてうねれるにふさふさと緑茂れる枝をさしたり
むろの木をねずみさしなりと言ふは誰ぞ大瀬崎の石に根をはるびやくしん
遠き代《よ》の旅人《たびと》が鞆《とも》に見しむろを今ぞここに見る大瀬のむろの木

歌ふものもなく老いにたるむろの木よ千年を重ねて大瀬の崎に
枯れ立ちて白々うねるむろの木よ有り経《へ》し世々《よよ》も問はましものを
世々の賢《さか》しき人等の知恵にはひねずを何故にむろと定めむとするか
葦枯《あしか》れて囲む池水《いけみづ》平らかに心はなぎぬむろの林を来て
心たりて歩む岬の水ぎはの石につきたるしただみ拾ふ

石見国都野の道

友あれば石見の国府ふたたびふむただ古へになづむばかりに
この前よりいくらか変る秋の葉にほけし尾花にまた逢ふ親しさ

葱《ねぎ》も菜も冬に勢ふさまなれど彼の日の羊歯《しだ》の衰へもせず

幾種類かの南瓜《かぼちゃ》たくはふる寺知れど今日は南瓜を見む心なし

上府《かみこふ》の下府《しもこふ》のいづこに遠き世の人麿住みしや語る人なし

石置きて国府の址《あと》をしるせれどせまき社の残るかた隅

人麿より幾かはりせし道なりや行くに人なき八十《やそ》くまの道

新しき道の平らかに直《すぐ》なるを何に寄りゆく谷かげの道

人は神に及ばぬことわり伊甘《いかみ》の社残りて伊甘の駅の跡なし

都野《つの》の海のいさごの道よ記憶ありや人麿の足跡《あと》斎藤茂吉の足跡

或る時は足よそひして行きましき遠き人麿に通ふ心に

心たかぶり行く君にひたすら従ひし山口茂吉亡きも悲しも
沙浜《すなはま》に松を植ゑ松の間に作る畑都野《つの》の娘子《をとめ》の落花生をもぐ
浦もなく潟《かた》もなき都野の海のへも新しき世の学校の立つ
行く影は依羅娘子《よさみのをとめ》か都野をみな古《いにし》へはすでにとほきまぼろし

冬　筍

我が家に冬日乏しく竹の子の二種類ながら出づるに遅し
南の国に友あり坂こえて細き寒竹《かんちく》の子をも食ひにき
たくましく伸びて半ばを脱ぎたれば大明竹《だいみんちく》の青きなめ肌

南の海の光を受くる園さまざまに冬の竹の子の立つ
今日も見る我が庭の落葉いまだ出でぬ冬の竹の子待つとしもなく

長崎太郎君長逝

留級の吾等に来りし優等生君に思ひきや生《よ》を終ふる交り
足もつるといふ君に必ず杖持《つゑ》てとすすめしことも間にあはざりき
山口のことは昔と遠くなり土佐蘭に長き電話を了《を》へにき
土佐の国安芸《あき》の町並は一たび知る君を相見ること永久《とは》になし
阿波《あは》の道を行きて室戸を見むとせしも君安芸にあればと思ふ企て

油坂越えを思ふ

勝山の宿りこころよく朝寝して買ひそびれたり鎌美濃早生《みのわせ》の種子《たね》

老耄年を迎ふ

あり布をはぎて真白の窓掛は老いたる妻の我への年玉

我とともに煤《す》したる壁や天井や常とともにあるは心安まる

窓の外のことは思はず世を憂《うれ》ふる新代議士が押し合つてゐる

議員さんを人気商売と言ふなかれ人気なくなればダッコチャンも売

れず
年々を待ち兼ねるのか青年等よ十年くらゐを歴史の尺度と見よ

下野国壬生

慈覚大師御開扉《じかくだいしごかいひ》過ぎし壬生寺《みぶでら》に灰冷えびえと大火鉢二つ
輪王寺《りんわうじ》まゐり道の円仁産湯《ゑんにんうぶゆ》の井《ゐ》今日は三毳《みかも》の盥窪《たらひくぼ》は見ず
雨の道を曲げて友等を我はひそかに室《むろ》の八島《やしま》を心思ひて
広々し友の工場見て来りああ此れが八島か時世のうつり
降りまさる雨に合羽着《かっぱき》我向ふ室の八島をめぐらむとして

芽ぶき始めしつつじの枝の雨雫《あましづく》道濡《みちぬ》れぬ間《ま》にめぐり終へたり
この小さき古へを蔑《さげす》むべきや否や喜び歌ひつぎし人等も
松の間に雨ににほへる山ざくら花は皆これ木花之開耶姫《このはなさくやひめ》
糸遊に結びつくべき煙なし風流風雅なし雑木の芽立ち
刺身にもなるとこんにやく買ひくれぬ下野《しもつけ》は楽し我が隣り国

青南後集

雑詠

四五株の木草に野分《のわけ》見てありき今日はなべての木枯《こがら》しとなる

むかご飯《めし》年のよろこびとせしことも思ひ出づわれは一人して

集めたるむかごを人等喜ばず栗鼠《りす》を飼ふにも用なしといふ

日和《ひより》ならば垣《かき》のもとなる薯《いも》取らむ一夜一食の奢《おご》りともして

魯桑《ろさう》一株われに思出に残れるにまつはる蔓も置きて去り来ぬ

風花の舞ふ庭に杉の落葉拾ひ温まりにき祖母《おほば》を中にして

吾《わ》が子等《こら》はふるさとと言ふもの知らず流るるままの親に従ふ
明治十七年測量の地図貰《もら》ひたり我が前に亡びし家も載《の》せたり
道造り除《の》け難き大石残りたりき行き来に立ちて見渡すところ
我なくて汝《なれ》あらば汝が苦労せむ天のまにまと言はば言ふべく

小石川植物園

この園も木々を覆へる何首烏《かしゅう》あり花とまがふは既に実らしも
パンパスグラス槍穂を立てて吾を迎ふ秋さび人のまばらなる日に
横文字の知らぬ名札の草木すぎゆきて親しふぢばかますがれぬ

荒れし中に勢ふものは烏山椒《からすさんせう》うるしの紅葉に立ち向ふ緑

二階借り自炊半年にま近なるこの園に入るゆとりもなしに

大学やめ丸帯一つの縫工《ぬひこう》のことも聞きき仕立職の家に間借りて

苦しみつつ我がやめざりし一つには中島精一の励《はげ》ましありき

薬園の昔は知らず震災戦災ここにしのぎし仮屋も見たり

何を植ゑ何を育つる処なのかかまはずはびこり押伏す蔓草《つるくさ》

鉛筆を持ちてたたずむは我が如く歌拾ふ人か句作る人か

名札立ち枯れたる畦《あぜ》を立ちさまよふ稀《まれ》に知る草あるは楽しも

安藤坂

早稲田南町放たれあてなく出で来り此の坂下にしばしとどまる
諏訪町《すはまち》は狭き通りの暗き貸間いくばく居りし家人に言葉かはさず
善き記憶なき七年に我が心最も陰惨なりき坂下の諏訪町

少女と姫萩

年々の春をほのかの路の花ひめはぎと知りぬ七十年すぎて
姫萩にかけてしのばむ彼の少女ほのぼのとしてただに悲しも
二人三人の友とありし日少しはしやぎ少女は声に我を呼びにき

学校へ日々の通ひのその道も立ちし少女も石さへもなし

墨うすくにじむ習字をただに見ぬ一つ机に並ぶ少女を

島木赤彦五十年忌

大正の人として君を送るのかと歎きし中村憲吉もすでにはるけし

郡視学《ぐんしがく》を先入主として会ひし日の君に馴《な》るるには我若かりき

富坂《とみさか》の下宿亀原の家の頃温かき親しき心見たりき

亀原の家にて人々甘え言へば不二子夫人味噌汁の追加煮しことも

白雲一日

青き国に立つ白雲も年久し今日来り見るその白雲を
照る日の下濁《にご》りみなぎり行く水を渡り近づく青き山の下
この山に残る親しさあるならず二年足らぬ折々の行き
並び立つは三毳《みかも》の山か人のいふままにまに古き名を知りしのみ
をにひた山安素《あそ》の川《かは》求め行き来してその中の町避けしにもあらず
家なく食なき時に幼二人携《たづさ》へて妻の此所《ここ》に住みにき
共に出でて遊びしことも少《すくな》ければこの古寺も忘れがたくする
この道にやうやく歩む汝《なれ》なりき立ち変るとも道は行くべく

一人出でて行くに堪《た》へざる老《おい》となり伴ふ者はかの時末生《みしやう》
家に伏すその母に何を伝へむか残れるものは残りてあるなり
堀をさらひ築地《ついぢ》つくろひ楠《くす》の落葉静かなり古き権力残す
日をさへぎり風を防げる青き木下《こした》しばし立たむも心はいたむ
守《も》る者は自ら遊ぶを専《もつぱら》にし此の寺庭に二人幼等
母が出でて働く時に幼二人此の庭歩む土にまみれて
この狭き町に三度の家移り辛《からう》じて過ぐ二年足らず
三度移り三度貧しき家のあと求めむに町の筋も残らず
ひ弱く生れ来し汝《なれ》をここに置き病むこと多く生ひたたしめき

来り見るすぎにし跡のここにありや幼きを伴ひし堰《せき》沿ひの道
思ひ出でよ夏上弦《じやうげん》の月の光病みあとの汝をかにかくつれて
わけなしに恐れしことも忘れがたし日に日に弱き汝《な》が生ひ先を
食はすべきものもつつましく母が手の一つによりて幼き日すぎぬ
幼くして一生の体質定まると思はざるにもあらざりしものを
離れゐて安き父にもあらざりき時間教師のかけ持ちにして
父に似る気弱きなかにふるまひて早く過ぐれば恥も少く
親も子も此の町をかへり見るなかりけり乏しく苦しき時を忘れず
ほしいままに職を捨て幼きを養はず悔《く》いて言ふとも五十年前

時代時代の権力の寄る地のすがた平安に似たり鎌倉に似たり

着るものに汗の浸《し》みくる一日に立つ白き雲見て去らむとす

山の木群《こむら》青《あを》吹くはあらしの如くなれど蘆《あし》の茂りはたをたをと吹く

定まらぬ心にこの道の行き来にて或る時は立ち寄りき植木習ふと

何のためといふこともなき一日の青あらしの中ただ汝を思ふ

友の形見

長らへて次々友の形見着る今日は四人目の君がメリヤス

先立ちし最もはやき君思へば五十年にも成りなむとする

雨の日はわけても暗き机の外ささには懸《か》かる蜂《はち》の巣一つ
少きよ交はるに友少きよ蜂とはガラスへだてて交はる
秋遅き草木も憎むにはあらず方竹《はうちく》の本《もと》に角《つの》ぐむたけの子

月島今昔

開くことなくなりしカチドキ橋渡りゆく川の清濁にかかはりもなく
平らかにただ草原の月島に明治末期の貧書生にて
田中正平長谷川時雨《はせがはしぐれ》にも行きたりき幾らかになる訪問筆記に
秋の虫すだく空地の角にして苦きサザエ食ふ仕事すませば

幼らと遊ぶ昭和の月島は護岸にエビ釣る暇ありき人々
佃煮の老舗《しにせ》も店構へささやかに買ひて帰りは佃のわたし
霊岸島《れいがんじま》帆柱の林今日見ねど天に近づく新興ビルども
地震にてまた戦争にて滅びたる東京立ち栄ゆ隅田河口《すみだかはぐち》月島

寿延賦

集りて医師待つ老若《らうにやく》皆病まふ目や歯を病むは憂《うれひ》も浅く
我よりも若き男女もそれぞれの命の前に立つ姿にて
幼きは病を喜ぶかと見ゆるまで戯《たはむ》れそばへ休むことなし

目を見ざる人は愛する人の手にすがりゆく時安らぎの貌《かほ》

僅《わづ》か残る歯を治め補ひ賜《たま》はりて我八十五の年越えむとす

万葉集私注新訂版

三度版になるを喜び三度向ふ三度にしてなほ飽き足らぬもの

終《つひ》に誤りなきには到れぬさびしさも押へて正す語釈の一つ

今日ありて向ふ校正刷三台目願ひよこもれ心留《とど》まれよ

読み下さる読み下さらぬかたじけな買ひ下さるを第一として

某日偶成

論《あげつ》らふ者は論らへ職に在り職をつくせる彼はわが子ぞ
肯《うべ》なふ者否む者半ばする中にして立ちて来にけり我も彼も亦《また》
誰を罪し誰喜ばむ心ありやただ正しきを正しとせよ
いくらかは心はやるをも見過しき自らの若き日にたくらべて

高橋愛次通夜

遺影《ありしすがた》の前に悲しき夜の斎《とき》岡田真より吾が多く飲む
思ひ出づる其の折々は人も吾《われ》も尽くるなくして言ふに少なし

製鋼所見てのスッポンに始まりて度《たび》まねく食ひき国々行きき
土佐の諸木《もろぎ》母君手づから織り成しし生絹《すずしの》蚊帳《かや》も忘らゆべしや
川戸まで山中村まで来たまひて飲食《おんじき》のこと問ひたまひしを

夫君上村に奈良千代夫人追憶

かなしきを老いて失ふ苦しみを君に比べむ我にはあらず
楢処女《ならをとめ》匂ふ山《やま》の辺《べ》の道のうへ君は語らず吾が想像す
あまた度《たび》君とは行きき山の辺の中の道の一日秋のひかりに
流れゆく時あひだ無し堪《た》へ得ねば如何《いか》にある君か遠く思ふよ

萩《はぎ》が咲き刈安《かりやす》が穂に出づる坂ゆきかへり思ふ老いて失ふを

木草の交

歌作らずなれば木草の交りのいよいよ親しき中島周介君亡し

遠々と君がおくりし広島の木草なになにみな栄《さか》ゆるを

中につき長房《ながふさ》馬酔木《あしび》苗殖《ふ》えて春のくれなゐの花まつものを

がくうつぎひそかなる花の年々を告ぐるともなく君を思ひき

我病まず過ぎ得し年に失ふか老いし未《いま》だわかき友のいくたり

入間路

入間路《いるまぢ》の長き堤《つつみ》の春草の萌《も》えの盛りに逢《あ》へる今日《けふ》かな

堤の下若草に日は洽《あまね》くして母子《おやこ》四五人物食ふところ

友あり此《こ》の野の桜を年々《としどし》に食ひぬ今日は来りて取らむとす

藪《やぶ》に入り人の残せる桜の側芽《わきめ》一つ取るにも父子《おやこ》骨折る

この原に池を求めて幾度かいはゐづらには逢はむと思ひて

共に行きし或《あるい》は亡く今日《けふ》伴なふはただ言ひ出づる桑の実のこと

秋に来て栗拾ひし雑木林《ざふきばやし》今ありやいたく変りし国形《くにかた》となる

いはゐづら蓴菜《じゅんさい》なりやは分《わ》かぬ間《ま》に求めて年ありき人も我も

山の上に今日見る無署名碑背文《ひはいぶん》二十年前のやや硬《かた》き体《たい》

二十年ありありて残る無名撰文《むめいせんぶん》亡《な》き児《こ》に行き逢《あ》はむ山谷《やまたに》ありや

武川県を思ふ

清き流《ながれ》むすび入りゆきし武川県《ぶせんけん》武川鎮軍閥など知る筈《はず》もなく

傾きし齢を隠すにもあらず涯《はて》の県城《けんじやう》に食を売る日本より来て

古きもの跡を見るなき県城の衢《ちまた》はつづく煙草《たばこ》の畑に

松虫草あざみ皆青き花にして白き一株を今に思ふも

思い出づる帰化綏遠《すいゐん》の幾日かはげしき歴史の流も知るなく

蒙古ざくら興じ喜びし処女等《をとめら》よ何の蔭に敗戦の命よりしや

旅行かずなり牀上《しやうじやう》に武川思ふ最も遠き吾が足のあと

万葉集年表加筆作業

我が歩みかくの如きか骨折りし五十年前の誤《あやまり》に逢着《ほうちやく》す数々

或《あるい》は亡く或は病みて時長しほそぼそと独《ひと》りまたくりかへす

君もまたともども老いてこと多したどたどとして独り思ふよ

道びき給《たま》ふ言《こと》のまにまに到《いた》るなき歩み辛《から》くもつづけたるかな

かへりみて来《こ》し方《かた》遠きいのちとも一つ言葉のありてつながり

花に寄せて

寒き日の乏《とぼ》しきものにはこべらを食ふこともなくすぎし今年か
はこべらの花を今年の始めとしすぐるに速き花の何々
花に寄る心はいつの頃よりか貧にして饑《うゑ》を知らぬ少年
年々の畦《あぜ》に咲く花に心とめみやこぐさと聞き名をあやしみき
幼き者何のゆかりか吉備《きび》の丘よりひめはぎ一苗もたらし来る
ひめはぎの芽立ちか花か手《た》なごころに飽《あ》くまで見るもこの四五日を
冬尽《つ》きむ道の上の真間《まま》に色匂《にほ》ふ草に年々の心よせたりき

小学校尋常科《じんじやうくわ》四年見し花の名を知りて何になる八十《はちじふ》いくつ

名も知らずまた見ることもなく過ぎぬ彼《か》の道の上の春のひと花

道の上の笑《ゑ》まひは　幻《まぼろし》　咲く花は今の現《うつつ》に手のうへにあり

藤の花をはり幼き実の光る少し残れる去年《こぞ》のふる莢《さや》

我がことばに藤におくるる卯《う》の花《はな》の朝より夕べにうごく花群《はなむら》

何のための三処《みところ》よりの卯の花か花は故郷《ふるさと》により遅速《おそはや》ありや

藤の花と卯の花の遅速にこだはるもうつろなる心の慰めなりき

卯の花の幾種類かを知りし時君が梅花うつぎの花のけだかく

山鳩《やまばと》の巣立ては今年藤《ふぢ》の藪雛《やぶひな》立《た》ちて知る荒き巣の跡

鳩の呼ぶ声をも聞かず雛も見ず老の月日のすみやかにして
橙《だいだい》の花降る下《した》にしばし立つこのたちばなに思出もなく
たちばなの香《か》よりほのかに唐《たう》をがたま君の後早き君の夫人《ふじん》を
木に人をと言ひてまたくりかへすのか山本有三《やまもというざう》君の唐をがたま
唐崎《からさき》の松の実生《みば》えをいつくしみ花咲く松にもあはむとぞする
志賀寺の跡を二度何を見し亡き二人思ふ春草秋草
志賀坂の砂《すな》白くして家々の菊は耀く淡海《あふみ》ふる国
近江路《あふみぢ》はいづくもあれど蚊屋野《かやの》の奥かしをしみ靡《なび》く丘越えゆきき
近江には見ることなかりし紫草《むらさき》を保つ二十年今年の二本

今日は月に一度のことに衢《ちまた》ゆくなびくつばなも見るべきものを
八重桜すぎて茂れる並木《なみき》の下花《したはな》にあはざるこの幾年か
ひとつばたご清き白花見しことを人には言はずなんぢやもんぢやぞ
君が見せしは花なき時の遠き夕べ喇叭《らつぱ》吹く練兵場《れんぺいぢやう》なりき
青山にかくながらへてあるものを木の命さへ多くあたらし
実にならぬ楠《くす》に年々の花の香《か》よ今年のかをり今年きくなり
ジャカウ草林《はやし》のさきの二房のうす紅《くれなゐ》にまた寄りて見る
一座布《いちざふ》よりはびこり五台を覆《おほ》ふもの鉢《はち》に溢《あふ》るるこの百里香《ひやくりかう》
諏訪《すは》に朔《さく》に見し日は遠く我に来るジャカウ草大和鴨山《やまとかもやま》より

鴨山を山の口にて振りさけき踏みて越えむ日ありと思はず
君に頼り増《まし》も津風呂《つぶろ》も勢ひ行きき老いて大和も亦《また》踏まざらむ

左千夫先生城東竪川歌碑

竪川《たてかは》を中にはさみて住み終へし貴《たふと》き御《み》いのちの形見《かたみ》と此処《ここ》を
川は埋《う》まり石はいさごとくづるとも歌の命はとこしへにこそ
従ひし人々に最もおくれし故《ゆゑ》今日の此の日にあひまつりたり
終りまし聞きて走りし夜の道一つ思ひ出づる草の葉もなく
水に苦しみ苦しみ終へましし後にして更《さら》に苦しむ残りし人々

移りゆく時世《じせい》善し悪しと言ふならず土も水も滅び残りし御歌《みうた》

古き影見るなき中に諸人《もろびと》の心《こころ》石を置き愛《め》でし樹々《きぎ》植ゑ下さる

万葉集年表第二版

命あり万葉集年表再刊す命なりけり今日《けふ》の再刊

亡きを思ひ在るを思ひて思ひ尽きず長き年月助け下されき

たどたどとたどき無き仕事力合《ちからあ》はせ助け給《たま》はりしあまた人々

思い立ち六十年にもなりなむか全からずとも再びの版

乏しきを励《はげ》まし怠《おこた》りを耐《た》へ耐へてかすかなる命ここに留《とど》めむ

平群谷

戦争のさ中といふに砂茶屋を何を志しし上村君と我と

山あひに陶作《すゑ》る家も火を落し物の音なき冬の青空

冬日深く澄《す》みてやや寒き高き空侵入《しんにふ》二機の爆音聞こゆ

枯草に身を伏して何の甲斐《かひ》ありやその時の心理ただに恐れき

三十五年すぎて今日行く道は白く谷も丘もただ新しき住宅

三人《みたり》して平群谷《へぐりだに》行きし一日ありき田中四郎と最後の日となる

静かならぬ旅立の前の日なりけり王皇女《くわうぢよ》の跡の荒れたるを見き

夫の罪に縁《つらな》りて共に経《わな》かるる例ありきや皇女の御身《おんみ》に

身自ら走《は》せて殉《じゆん》ぜし山辺《やまべ》皇女悲しきは更に吉備内親王

若き帝《みかど》と内野《うちの》の春のうづら狩り今二十二年自経す左大臣

生みなしし母ならずとも母帝《ははみかど》厚きみ言《こと》も給はりしものを

古へを恋ふる心は歌に限り言ひ難き伝へがたき故由《よし》は知らず

皇女の腹幼少共につくすとも藤氏の腹に及ぶことなし

後六月例稀《ためしまれ》なる藤三娘立后《とうさんぢやうりつこう》のめでたき日も見たまはず

真偽《まこといつはり》知るによしなし告げて得し従五位《じゆごゐ》刃《やいば》と血もて空しも

兄帝夫《あにみかどつま》と狩野《かりの》のみ栄えも式の列にも入らざるみ跡

今日参るみ墓清らに整ひて青葉にそそぐ雨静かなり

やや間へだてて杜《もり》なす二つみ墓並び給はむよりも悲しも

山帰来《さんきらい》円《まど》かやはら葉折りささげ故《ゆゑ》知らぬ妻らも共に悲しむ

猫から人麿まで

この家に人間三世代猫三世代孫猫のこし入れ籐《とう》の籠《かご》来たる

猫の子を迎ふと特製籐の籠太平の代《よ》のつましきあそび

籐の籠下げて赤彦《あかひこ》の旅せりき真似《まね》たる我は杞柳製《きりうせい》安物《やすもの》

山下より出で来り踊る技も知らずひそみて住めば茂る草々

たんぽぽが西洋になつたと言ふ時に我がつぼすみれ侵す西洋すみれ何

すみれのこと尋ねむ人もなくなりてはびこる五六種類ただ分ちなし

筑紫《つくし》より紫蘭《しらん》の苗を送り来ぬ附いて来たどくだみも筑紫といふか

日本中どこにでもある姫萩を何に慈《いつく》しむ吉備《きび》の道の口の産《さん》

紅《くれなゐ》のゼラニウムより白を作り出でぬ夢にてもブロンド処女《をとめ》となりて来れる

島の星に給ひし鳳仙花《ほうせんくわ》種絶えぬ人麿《ひとまろ》もあれこれといぢくられてゐる

亡き者夢に

汝《な》がことも夢に見るまで距《へだ》たりて或は楽し夢の中の遊び
長生きは善いか悪いか分らねど天のまにまに長く生きたり
佃島に佃煮買ひて佃の渡し共に渡りき夢にはならぬ思出
厳《きび》しく育て何を求むとはあらざりき我より先に煙《けむり》と立ち行く
汝《なれ》ありて我を招きし黄木《わうぼく》の年をかさねて苔《こけ》のむしたる

白い部屋にて

三十年住めば煤《すす》したる壁となる子等《こら》が憐みこの白き部屋

背のとれし字引三四冊地袋《ぢぶくろ》に見せるのではないひずむ戸のゆゑ

方竹《はうちく》の一むら立ちをたのめども夕日はさすよ思ひがけず面《おもて》に

敷物も代へたのにゴキブリは不思議不思議子等は言へどもまこと出ありく

背のはげし本の膠《にかは》はゴキブリの好《よ》き餌《ゑさ》といへど防ぐ術《すべ》なし

吝《をし》むなと言はるるままの温風器ついて殖《ふ》え来るゴキブリども

寝台古《ふ》りわらやはらかに馴《な》れたればここを城とし籠るゴキブリ

置く毒に中《あた》り死にたるゴキブリか後を頼むとわが枕《まくら》がみ

眠る前の面に来りて散歩するゴキブリを憎む無告の被害者

何の為《ため》にゴキブリ我がまはりにはびこるか背のはげ並ぶ本を見るかな

本郷新花町《しんはなちやう》 七十年前貸二階《かしにかい》に我を攻めしは小形のゴキブリ

食をつめる如き明け暮れの幾月か我とゴキブリ残し世帯主は夜逃《よにげ》

本の膠なめつつ饑《うゑ》をしのびしといふ戦争の時を忘れず

殖えすぎる人間調節の戦争と哲人《てつじん》言へば我は俗人《ぞくじん》

蚊が来なくなりしと思へばゴキブリか吝《を》しみつづける暖房のため

本読まず過ぎし来《こ》し方《かた》を今思ふ表紙はげしはただ字引の類

子供等がかく整へし白き部屋煤《すす》してゆくとも我ながらへむ

部屋広くなりし感じはつぎはぎの敷物を一枚にかへし四五日

羽根むしろしきて冬の間の食事さへ楽しかりけり板敷の上に

羽根むしろは鳥の羽根ではありません藁《わら》を砧《きぬた》しこまやかに織る

四百八十米

十六秒で飛ばすといふその半分を老いたる足の歩む十一分

抱いて来るお犬は何十万円とぞ抱くお手当は知ることもなく

この路《みち》は我に七十年の古き友きほひ来るのはみんな若造

身構へるわけでもないが立ち避ける路上刺殺はとなりの麻布《あざぶ》

赤い犬抱きいつくしむ行きすぎて白犬抱くは嬌態《けうたい》作る

老いてなほ気どりて来るは我のみか白髪頭《しろかみあたま》にデニムのいで立ち

我は歩む雪駄《せった》に籐ステッキほこりかに共に亡き友の形見の品々

交叉路《かうさろ》のここより対角の花屋見ゆ埴科《はにしな》史郎《しらう》まぼろしにして

売るともなく買ふともなしに親しみし角の本屋さん今日もシャッタ
ーせり

足引きて何を求むと出て来しや拾ひためれば皆是《これ》短歌

九十一新年

十といふところに段のある如き錯覚持ちて九十一となる
知る知らぬ次々に別れあゆみ来し曠野《あらの》かへり見る如きはるけさ
拙《つたな》く生きいよいよ気弱なる老一人なほ四五年の道づれ頼まむ

暖き朝

暖き朝をよろこび起き出でぬ食ひぬたちまちまた足を引く
昨日一日ひる前ひるすぎ努めたりき手に肩に残る骨の痛みの
若くして亡き君を讃《たた》へ言ひたりき語りし後の老のあはれさ
引き返すすべなきを択《えら》び来て遠し乏しき自《みづか》をいかにせよとか

吾が友がつくりくれたる白身ありはや食ひ安らげ老は詮《せん》なし

大井浜川

住みて六十年すぎにし跡に来り見つ其《そ》の時の物一つある無し
長方《ちやうはう》に残されし水は海の形見か海襲《おそ》ふ颱風《たいふう》に一夜おそれき
年半ば住みし間に続くかなしみよ喜びよ忘れよ言ふこと勿《なか》れ
安房《あは》の山目《やま》の前に浮かぶ海なりき見通し利《き》かぬ埋立工業地帯《うめたてこうげふちたい》
夕潮に片側みづきし道いづちうべなうべな六十年すぎたるよ

比企の岡を

比企《ひき》の山の若葉の頃と談《かた》りつつつひに伴ふ時待たざりき
死後などは思ふとせざる父と子の間の母は何を思ひけむ
亡き児と共にと漏《も》らししし一言《ひとこと》に斂《をさ》めむ山を定めまどふなり
湖《みづうみ》も山谷《やまたに》もさびし命なきものながら永久《とは》に置かむと思へば
山吹《やまぶき》よ藤浪《ふぢなみ》よ清き谷水よなき世のものも思ひしのばむ

香の木の果

今日《けう》はまた昨日《きのふ》の如く腰おろし今日の心を静めむとする

見る物は青葉の中の香《かぐ》の木《こ》の果《み》昨日の如く今日も下れり

香の木の果を包む青葉に並びたる竹の葉は若く伸び立つところ

幾《いく》つありし香《かぐ》の木《こ》の果《み》か何時《いつ》の間に一つとなりし香の一つ果

風のなき朝はゆるることもなく一つ残る果《み》夏越ゆらむか

槐の一樹

草も木も分ちもなしに乱れ立ち今日の西日は秋といはむとや

年々の喜びとせし庭のわらびただ一度見て又つまざりき

移り来し蔭《かげ》なき土に下《お》り立ちてならはぬ草を抜きしもあはれ

木にも草にも親しみ薄き日頃にて山を去らむと携《たづさ》へしもの

手に下げて山を下りし槐《ゑんじゅ》にてその一樹には触れしめざりき

束の間の前後

母の呼吸聞きとりがたしと訴へ来る声におどろく暁の耳に

時をりに訴ふる痛み憂《うれ》ひたりき安き眠《ねむり》を娘等《こら》のあひだに

我が声に応《こた》へをとつひも浴《あ》みたりき独り湯浴《ゆあ》みて恙《つつが》なかりき

後に残り我を斂めむ一つ希《ねが》ひよわきを堪え来し年月なりき

頑《かたくな》の老はいづくぞ白き額《ぬか》やはらかく七十年前の手の下に似て

黒髪の少しまじりて白髪のなびくが上に永久《とは》のしづまり
さまざまの七十年すごし今は見る最もうつくしき汝《なれ》を柩《ひつぎ》に
そのあけを少し濃《こ》くせ頰《ほほ》くつろぐ老を越え来し若き日を見む
ここのそぢ共に越え二つの姉なるを安らぎとして有り経《へ》しものを
終りなき時に入らむに束《つか》の間《ま》の後前《あとさき》ありや有りてかなしむ

後の日々

もみぢ葉の桜より柿に移りゆく年々のことも思ふなかりき
花さく草実の成る樹々に年々の移《うつり》を見しやまた見ざりしや

手にかけて花を待ちたる草木にも物うとくなり近づく事なし

ただ事なく日をくりかえし或る朝はよろめくからだ柱に支ふ

この樹々と共に終へむと来《こ》し日《ひ》思ふ樹高くなりて頂《いただき》より散る

なき者をこころに

袷《あはせ》には下着重ねようるさく言ふ者もなくなりぬ素直に着よう

わが庭より広くわが庭より荒れし庭出でて見る日も稀々《まれまれ》になる

この短き坂の行き来も共にせぬ衰へを今日は己が身に思ふ

新しく生れし者を見むと行きき終《つひ》の短きあゆみとなりぬ

人なくて心の残るといふことも老い衰ふる日に日に思ふ
軒《のき》の花に年々の遅早かくありしや亡き一年に今ぞ思ひ知る
この木の花去年《こぞ》の今日は如何なりしや思出はただ仄々《ほのぼの》として
年々の花に年々のことありきや去年の今日を何に忘るる
或は愛《め》で或は花さへ遠ざけき一生　恣《ほしいまま》なりと言はば言ふべく
愛で愛でし明石方落ちつつしばし匂ふ　魂《たましひ》反《かへ》れ其《そ》のしばしだに
遠く住むに幾たびこの川を渡りたる今日伴なふは其の時未生《みしやう》
木むら若葉花の紅《くれなゐ》かはるなし亡きを言ふ勿《なか》れ春はとこしへ
半夏生苗《はんげしやうなへ》に逢へれば言にいづ幾年になる西山に親子四人の

藤を見たり牡丹《ぼたん》を見たり石を見たり今年の春の速《すみ》やかにして
いつの間に一つみどりの窓のそと重き足腰は昨日のごとく
九十三の手足はかう重いものなのか思はざりき労《いたは》らざりき過ぎぬ
歩まむといふ誘ひにも従はずかたくなに重き足今躬《みづか》らに知る
生れたる曾孫《ひまご》を見むと出でたりき此の小き坂堪《た》へて往来《ゆきき》して
生れつぐひまご一人は行きて見き一人は見ずき時のあとさき
亡き人の姿幼等《をさなら》に語らむに聞き分くるまで吾あるらむか

後　記

本歌集は、著者のさきに刊行された歌集からの自選による抜萃抄録であるが、特に近作に重点を置き、その数も多くした。著者の既刊の歌集は次の如くである。

一、ふゆくさ　大正十四年二月　古今書院刊　所収三百八十首
一、往還集　昭和五年十二月　岩波書店刊　所収六百四十九首
一、山谷集　昭和十年五月　岩波書店刊　所収八百五十二首

以上三歌集は昭和十一年十一月改造社刊の自選歌集『放水路』

に抜萃収録された。

一、六月風　昭和十七年五月　創元社刊　所収五百六十六首

一、少安集　昭和十八年六月　岩波書店刊　所収八百八十一首

以上二歌集は昭和二十年十月白玉書房刊の自選歌集『ゆづる葉の下』に抜萃収録された。

一、韮菁集　昭和二十一年七月　青磁社刊　所収五百四十七首

一、山下水　昭和二十三年五月　青磁社刊　所収七百九十七首

右の二歌集及び「山の間の霧」（未刊）からの抄録を合せた『山の間の霧』が昭和二十七年九月白玉書房から刊行された。

一、自流泉　昭和二十八年三月　筑摩書房刊　所収千二百四十首

一、青　南　集　　昭和四十二年十一月　白玉書房刊　所収千三百五十八首
一、續青南集　　昭和四十二年十一月　白玉書房刊　所収千四百十五首
以上刊行諸集の抜萃は昭和四十六年八月刊行の角川文庫『土屋文明歌集』に収められた。
一、續々青南集　昭和四十八年七月　白玉書房刊　所収千二百九十二首
一、青南後集　　昭和五十九年七月　石川書房刊　所収千二百八十五首

本書は、株式会社岩波書店のご厚意により、岩波文庫『土屋文明歌集』を底本といたしました。

土屋文明歌集

（大活字本シリーズ）

2015年12月10日発行（限定部数500部）

底　本　岩波文庫『土屋文明歌集』

定　価　（本体 3,200円＋税）

著　者　土屋　文明

発行者　並木　則康

発行所　社会福祉法人 埼玉福祉会

埼玉県新座市堀ノ内 3—7—31　〒352—0023

電話　048—481—2181

振替　00160—3—24404

印刷製本所　社会福祉法人 埼玉福祉会 印刷事業部

ISBN 978-4-86596-057-0

大活字本シリーズ発刊の趣意

現在，全国で65才以上の高齢者は1,240万人にも及び，我が国も先進諸国なみに高齢化社会になってまいりました。これらの人々は，多かれ少なかれ視力が衰えてきております。また一方，視力障害者のうちの約半数は弱視障害者で，18万人を数えますが，全盲と弱視の割合は，医学の進歩によって弱視者が増える傾向にあると言われております。

私どもの社会生活は，職業上も，文化生活上も，活字を除外しては考えられません。拡大鏡や拡大テレビなどを使用しても，眼の疲労は早く，活字が大きいことが一番望まれています。しかしながら，大きな活字で組みますと，ページ数が増大し，かつ販売部数がそれほどまとまらないので，いきおいコスト高となってしまうために，どこの出版社でも発行に踏み切れないのが実態であります。

埼玉福祉会は，老人や弱視者に少しでも読み易い大活字本を提供することを念願とし，身体障害者の働く工場を母胎として，製作し発行することに踏み切りました。

何卒，強力なご支援をいただき，図書館・盲学校・弱視学級のある学校・福祉センター・老人ホーム・病院等々に広く普及し，多くの人人に利用されることを切望してやみません。